莎士比亚全集·中文本（典藏版）
William Shakespeare: Complete Works

［英］威廉·莎士比亚（William Shakespeare）
辜正坤 主编／李其金 译

维 洛 那 二 绅 士

The Two Gentlemen of Verona

外语教学与研究出版社
北京

京权图字：01-2016-4992

图书在版编目（CIP）数据

维洛那二绅士／（英）威廉·莎士比亚（William Shakespeare）著；李其金译.
北京：外语教学与研究出版社，2024.6. ——（莎士比亚全集／辜正坤主编）.
ISBN 978-7-5213-5356-3

I. I561.33

中国国家版本馆 CIP 数据核字第 2024MH0553 号

维洛那二绅士
WEILUONA ER SHENSHI

出 版 人　王　芳
项目负责　邢印姝　郭芮萱
责任编辑　李旭洁
责任校对　李　鑫
封面设计　张　潇
出版发行　外语教学与研究出版社
社　　址　北京市西三环北路 19 号（100089）
网　　址　https://www.fltrp.com
印　　刷　三河市紫恒印装有限公司
开　　本　710×1000　1/16
印　　张　9.5
字　　数　152 千字
版　　次　2024 年 6 月第 1 版
印　　次　2024 年 6 月第 1 次印刷
书　　号　ISBN 978-7-5213-5356-3
定　　价　68.00 元

如有图书采购需求，图书内容或印刷装订等问题，侵权、盗版书籍等线索，请拨打以下电话或关注官方服务号：
客服电话：400 898 7008
官方服务号：微信搜索并关注公众号"外研社官方服务号"
外研社购书网址：https://fltrp.tmall.com

物料号：353560001

出版说明

1623 年，莎士比亚的演员同僚们倾注心血结集出版了历史上第一部《莎士比亚全集》——著名的第一对开本，这是三百多年来许多导演和演员最为钟爱的莎士比亚文本。2007 年，由英国皇家莎士比亚剧团（Royal Shakespeare Company）推出的《莎士比亚全集》，则是对第一对开本首次全面的修订。

本套《莎士比亚全集》新汉译本，正是依据当今莎学界最负声望的皇家版《莎士比亚全集》翻译而成。译本的凡例说明如下：

一、**文体**：剧文有诗体和散体之分。未及最右行末即转行的为诗体。文字连排、直至最右行末转行的，则为散体。

二、**舞台提示**：

1）角色的上场与下场及其他舞台提示以仿宋体排出，穿插于剧文中的舞台提示以圆括号进行标注，如：（对亨利王子）。

2）舞台提示中的特殊符号。译本所依据的皇家版《莎士比亚全集》的编辑者对舞台提示中的不确定情形以特殊符号予以标注，译本亦保留了这些符号：如（旁白？）表示某行剧文既可作为旁白，亦可当作对话；又如某个舞台活动置于箭头 ↓↓ 之间，表示它可发生在一场戏中的多个不同时刻。

三、**脚注**：脚注中除标注有"译者附注"字样的，均译自或改编自皇家版《莎士比亚全集》注释。脚注多为对剧文中背景知识及专名的解释，以使读者更好地理解剧情；亦包含部分与英文原文相关的脚注，以使读者在品味译者的佳文时，亦体验到英文原文的精妙。

　　四、文本：译本以第一对开本为蓝本，部分剧目中四开本与之明显相异的段落亦有译出，附于正文之后，供读者参考。

　　此《莎士比亚全集》新汉译本历经策划、翻译、编辑加工和印装等工序，各个环节的参与者均竭尽全力，力求完美，但由于水平、精力所限，难免有所错漏，敬请广大读者赐教指正。

外语教学与研究出版社
综合出版事业部

莎士比亚诗体重译集序

辜正坤

他非一代骚人，实属万古千秋。

这是英国大作家本·琼森（Ben Jonson）在第一部《莎士比亚全集》（*Mr. William Shakespeares Comedies, Histories, & Tragedies*, 1623）扉页上题诗中的诗行。三百多年来，莎士比亚在全球逐步成为一个家喻户晓的名字，似乎与这句预言在在呼应。但这并非偶然言中，有许多因素可以解释莎士比亚这一巨大的文化现象产生的必然性。最关键的，至少有下面几点。

首先，其作品内容具有惊人的多样性。世界上很难有第二个作家像莎士比亚这样能够驾驭如此广阔的题材。他的作品内容几乎无所不包，称得上英国社会的百科全书。帝王将相、走卒凡夫、才子佳人、恶棍屠夫……一切社会阶层都展现于他的笔底。从海上到陆地，从宫廷到民间，从国际到国内，从灵界到凡尘……笔锋所指，无处不至。悲剧、喜剧、历史剧、传奇剧、叙事诗、抒情诗……都成为他显示天才的文学样式。从哲理的韵味到浪漫的爱情，从盘根错节的叙述到一唱三叹的诗思，波涛汹涌的情怀，妙夺天工的笔触，凡开卷展读者，无不为之拊掌称绝。即使只从莎士比亚使用过的海量英语词汇来看，也令人产生仰之弥高的感觉。德国语言学家马克斯·缪勒（Max Müller）原以为莎士比亚使用过的词汇最多为 15,000 个，事后证明这当然是小看了语言大师的词汇储藏量。美国教授爱德华·霍尔登（Edward Holden）经过一番考察后，认为至少达 24,000 个。可是他哪里知道，这依然是一种低估。有学者甚至声称用电脑检索出莎士比亚用的词汇多达 43,566 个！当然，这些数据还不是莎士比亚作品之所以产生空前影响的关键因素。

其次，但也许是更重要的原因：他的作品具有极高的娱乐性。文学作品的生命力在于它能寓教于乐。莎士比亚的作品不是枯燥的说教，而是能够给予读者或观众极大艺术享受的娱乐性创造物，往往具有明显的煽情效果，有意刺激人的欲望。这种艺术取向当然不是纯粹为了娱乐而娱乐，掩藏在背后的是当时西方人强有力的人本主义精神，即用以人为本的价值观来对抗欧洲上千年来以神为本的宗教价值观。重欲望、重娱乐的人本主义倾向明显对重神灵、重禁欲的神本主义产生了极大的挑战。当然，莎士比亚的人本主义与中国古人所主张的人本主义有很大的区别。要而言之，前者在相当大的程度上肯定了人的本能欲望或原始欲望的正当性，而后者则主要强调以人的仁爱为本规范人类社会秩序的高尚的道德要求。二者都具有娱乐效果，但前者具有纵欲性或开放性娱乐效果，后者则具有节欲性或适度自律性娱乐效果。换句话说，对于 16、17 世纪的西方人来说，莎士比亚的作品暗中契合了试图挣脱过分禁欲的宗教教义的约束而走向个性解放的千百万西方人的娱乐追求，因此，它会取得巨大成功是势所必然的。

第三，时势造英雄。人类其实从来不缺善于煽情的作手或视野宏阔的巨匠，缺的常常是时势和机遇。莎士比亚的时代恰恰是英国文艺复兴思潮达到鼎盛的时代。禁欲千年之久的欧洲社会如堤坝围裹的宏湖，表面上浪静风平，其底层却汹涌着决堤的纵欲性暗流。一旦湖堤洞开，飞涛大浪呼卷而下，浩浩汤汤，汇作长河，而莎士比亚恰好是河面上乘势而起的弄潮儿，其迎合西方人情趣的精湛表演，遂赢得两岸雷鸣般的喝彩声。时势不光涵盖社会发展的总趋势，也牵连着别的因素。比如说，文学或文化理论界、政治意识形态对莎士比亚作品理解、阐释的多样性与莎士比亚作品本身内容的多样性产生相辅相成的效果。"说不尽的莎士比亚"成了西方学术界的口头禅。西方的每一种意识形态理论，尤其是文学理论，要想获得有效性，都势必会将阐释莎士比亚的作品作为试金石。17世纪初的人文主义，18世纪的启蒙主义，19世纪的浪漫主义，20世纪的现实主义或批判现实主义，都不同程度地、选择性地把莎士比亚作品作为阐释其理论特点的例证。也许17世纪的古典主义曾经阻遏过西方人对莎士比亚作品的过度热情，但是19世纪的浪漫主义流派却把莎士比亚作品推崇到无以复加的崇高地位，莎士比亚俨然成了西方文学的神灵。20世纪以来，西方资本主义阵营和社会主义阵营可以说在意识形态的各个方面都互相对立，势同水火，可是在对待莎士比亚的问题上，居然有着惊人的共识与默契。不用说，社会主义阵营的立场与社会主义理论的创始人马克思（Karl Marx）、恩格斯（Friedrich Engels）个人的审美情趣息息相关。马克思一家都是莎士比亚的粉丝；马克思称莎士比亚为"人类最伟大的天才之一，人类文学奥林波斯山上的宙斯"！他号召作家们要更加莎士比亚化。恩格斯甚至指出："单是《快乐的温莎巧妇》[1]的第一幕就比全部德国文学包含着更多的生活气息。"不用说，这些话多多少少有某种程度的文学性夸张，但对莎士比亚的崇高地位来说，却无疑产生了极大的推动作用。

第四，1623年版《莎士比亚全集》奠定莎士比亚崇拜传统。这个版本即眼前译本所依据的皇家版《莎士比亚全集》（*The RSC William Shakespeare: Complete Works*, 2007）的主要内容。该版本产生于莎士比亚去世的第七年。莎士比亚的舞台同仁赫明奇（John Heminge）和康德尔（Henry Condell）整理出版了第一部莎士比亚戏剧集。当时的大学者、大

1　英文剧名为 The Merry Wives of Windsor，朱生豪先生译作《温莎的风流娘儿们》；重译本综合考虑剧情和英文书名，译作《快乐的温莎巧妇》。

作家本·琼森为之题诗,诗中写道:"他非一代骚人,实属万古千秋。"这个调子奠定了莎士比亚偶像崇拜的传统。而这个传统一旦形成,后人就难以反抗。英国文学中的莎士比亚偶像崇拜传统已经形成了一种自我完善、自我调整、自我更新的机制。至少近两百年来,莎士比亚的文学成就已被宣传成世界文学的顶峰。

第五,现在署名"莎士比亚"的作品很可能不只是莎士比亚一个人的成果,而是凝聚了当时英国若干戏剧创作精英的团体努力。众多大作家的智慧浓缩在以"莎士比亚"为代号的作品集中,其成就的伟大性自然就获得了解释。当然,这最后一点只是莎士比亚研究界若干学者的研究性推测,远非定论。有的莎士比亚著作爱好者害怕一旦证明莎士比亚不是署名为"莎士比亚"的著作的作者,莎士比亚的著作便失去了价值,这完全是杞人忧天。道理很简单,人们即使证明了《红楼梦》的作者不是曹雪芹,或《三国演义》的作者不是罗贯中,也丝毫不影响这些作品的伟大价值。同理,人们即使证明了《莎士比亚全集》不是莎士比亚一个人创作的,也丝毫不会影响《莎士比亚全集》是世界文学中的伟大作品这个事实,反倒会更有力地证明这个事实,因为集体的智慧远胜于个人。

皇家版《莎士比亚全集》译本翻译总思路

横亘于前的这套新译本,是依据当今莎学界最负声望的皇家版《莎士比亚全集》进行翻译的,而皇家版又正是以本·琼森题过诗的 1623 年版《莎士比亚全集》为主要依据。

这套译本是在考察了中国现有的各种译本后,根据新的历史条件和新的翻译目的打造出来的。其总的翻译思路是本套译本主编会同外语教学与研究出版社的相关领导和责任编辑讨论的结果。总起来说,皇家版《莎士比亚全集》译本在翻译思路上主要遵循了以下几条：

1. 版本依据。如上所述，本版汉译本译文以英国皇家版《莎士比亚全集》为基本依据。但在翻译过程中，译者亦酌情参阅了其他版本，以增进对原作的理解。

2. 翻译内容包括：内页所含全部文字。例如作品介绍与评论、正文、注释等。

3. 注释处理问题。对于注释的处理：1）翻译时，如果正文译文已经将英文版某注释的基本含义较准确地表达出来了，则该注释即可取消；2）如果正文译文只是部分地将英文版对应注释的基本含义表达出来，则该注释可以视情况部分或全部保留；3）如果注释本身存疑，可以在保留原注的情况下，加入译者的新注。但是所加内容务必有理有据。

4. 翻译风格问题。对于风格的处理：1）在整体风格上，译文应该尽量逼肖原作整体风格，包括以诗体译诗体，以散体译散体；2）在具体的文字传输处理上，通常应该注重汉译本身的文字魅力，增强汉译本的可读性。不宜太白话，不宜太文言；文白用语，宜尽量自然得体。句子不要太绕，注意汉语自身表达的句法结构，尤其是其逻辑表达方式。意义的异化性不等于文字形式本身的异化性，因此要注意用汉语的归化性来传输、保留原作含义的异化性。朱生豪先生的译本语言流畅、可读性强，但可惜不是诗体，有违原作形式。当下译本是要在承传朱先生译本优点的基础上，根据新时代的读者审美趣味，取得新的进展。梁实秋先生等的译本，在达意的准确性上，比朱译有所进步，也是我们应该吸纳的优点。但是梁译文采不足，则须注意避其短。方平先生等的译本，也把莎士比亚翻译往前推进了一步，在进行大规模诗体翻译方面作出了宝贵的尝试，但是离真正的诗体尚有距离。此外，前此的所有译本对于莎士比亚原作的色情类用语都有程度不同的忽略，本套皇家版译本则尽力在此方面还原莎士比亚的本真状态（论述见后文）。其他还有一些译本，亦都应该受到我们的关注，处理原则类推。每种译本都有自己独特的东西。我们希望美的译文是这套译本的突出特点。

5. 借鉴他种汉译本问题。凡是我们曾经参考过的较好的译本，都在适当的地方加以注明，承认前辈译者的功绩。借鉴利用是完全必要的，但是要正大光明，避免暗中抄袭。

6. 具体翻译策略问题特别关键，下文将其单列进行陈述。

莎士比亚作品翻译领域大转折：真正的诗体译本

莎士比亚首先是一个诗人。莎士比亚的作品基本上都以诗体写成。因此，要想尽可能还原本真的莎士比亚，就必须将莎士比亚作品翻译成为诗体而不是散文，这在莎学界已经成为共识。但是紧接而来的问题是：什么叫诗体？或需要什么样的诗体？

按照我们的想法：1) 所谓诗体，首先是措辞上的诗味必须尽可能浓郁；2) 节奏上的诗味（包括分行）等要予以高度重视；3) 结合中国人的审美习惯，剧文可以押韵，也可以不押韵。但不押韵的剧文首先要满足前两个要求。

本全集翻译原计划由笔者一个人来完成。但是，莎士比亚的创作具有惊人的多样性，其作品来源也明显具有莎士比亚时代若干其他作家与作品的痕迹，因此，完全由某一个译者翻译成一种风格，也许难免偏颇，难以和莎士比亚风格的多样性相呼应。所以，集众人的力量来完成大业，应该更加合理，更加具有可操作性。

具体说来，新时代提出了什么要求？简而言之，就是用真正的诗体翻译莎士比亚的诗体剧文。这个任务，是朱生豪先生无法完成的。朱先生说过，他在翻译莎士比亚作品时，"当然预备全部用散文译出，否则将要了我的命"。¹ 显然，朱先生也考虑过用诗体来翻译莎士比亚著作的问题，但是他的结论是：第一，靠单独一个人用诗体翻译《莎士比亚全集》是办不到的，会因此累死；第二，他用散文翻译也是不得已的办法，因为只有这样他才有可能在有生之年完成《莎士比亚全集》的翻译工作。

将《莎士比亚全集》翻译成诗体比翻译成散文体要难得多。难到什么程度呢？和朱生豪先生的翻译进度比较一下就知道了。朱先生翻译得最快的时候，一天可以翻译一万字。² 为什么会这么快？朱先生才华过人，这当然是一个因素，但关键因素是：他是用散文翻译的。用真正的诗体就不一样了。以笔者自己的体验，今日照样用散文翻译莎士比亚剧本，最快时也可达到每日一万字。这是因为今日的译者有比以前更完备的注释本和众多的前辈汉译本作参考，至少在理解原著时，要比朱先生当年省力得多，所以翻译速度上最高达到一万字是不难的。但是翻译成诗体就是另外一回事了。这比自己写诗还要难得多。写诗是自己随意发挥，译诗则必须按照别人的意思发挥，等于是戴着镣铐跳舞。笔者自己写诗，诗兴浓时，一天数百行都可以写得出来，但是翻译诗，一天只能是几十行，统计成字数，往往还不到一千字，最多只是朱生豪先生散文翻译速度的十分之一。梁实秋先生翻译《莎士比亚全集》用的也是散文，但是也花了 37 年，如果要翻译成真正的诗体，那么至少得 370 年！由此可见，真正的诗体《莎士比亚全集》汉译本的诞生，有多么艰难。此次笔者约稿的各位译者，都是用诗体翻译，并且都表示花费了大量的时间，

---

1 见朱生豪大约在 1936 年夏致宋清如信："今天下午，我试译了两页莎士比亚，还算顺利，不过恐怕终于不过是 Poor Stuff 而已。当然预备全部用散文译出，否则将要了我的命。"（《伉俪：朱生豪宋清如诗文选》下卷，中国青年出版社，2013 年，第 94 页）

2 朱生豪："今天因为提起了精神，却很兴奋，晚上译了六千字，今天一共译一万字。"（同上，第 101 页）

皇家版《莎士比亚全集》译本凝聚了诸位译者的多少努力，也就不言而喻了。

翻译诗体分辨：不是分了行就是真正的诗

　　主张将莎士比亚剧作翻译成诗体成了共识，但是什么才是诗体，却缺乏共识。在白话诗盛行的时代，许多人只是简单地认定分了行的文字就是诗这个概念。分行只是一个初级的现代诗要求，甚至不必是必然要求，因为有些称为诗的文字甚至连分行形式都没有。不过，在莎士比亚作品的翻译上，要让译文具有诗体的特征，首先是必定要分行的，因为莎士比亚原作本身就有严格的分行形式。这个不用多说。但是译文按莎士比亚的方式分了行，只是达到了一个初级的低标准。莎士比亚的剧文读起来像不像诗，还大有讲究。

　　卞之琳先生对此是颇有体会的。他的译本是分行式诗体，但是他自己也并不认为他译出的莎士比亚剧本就是真正的诗体译本。他说：读者阅读他的译本时，"如果……不感到是诗体，不妨就当散文读，就用散文标准来衡量"。[1] 这是一个诚实的译者说出的诚实话。不过，卞先生很谦虚，他有许多剧文其实读起来还是称得上诗体的。原因是什么？原因是他注意到了笔者上文提到的两点：第一，诗的措辞；第二，诗的节奏。只不过他迫于某些客观原因，并没有自始至终侧重这方面的追求而已。

　　显然，一些译本翻译了莎士比亚的剧文，在行数上靠近莎士比亚原作，措辞也还流畅。这些是不是就是理想的诗体莎士比亚译本呢？笔者认为，这还不够。什么是诗，对于中国人来说有几千年的历史，我们不

1　卞之琳：《莎士比亚悲剧四种》，方志出版社，2007 年，第 4 页。

能脱离这个悠久的传统来讨论这个问题。为此，我们不得不重新提到一些基本概念：什么是诗？什么是诗歌翻译？

诗歌是语言艺术，诗歌翻译也就必须是语言艺术

讨论诗歌翻译必须从讨论诗歌开始。

诗主情。诗言志。诚然。但诗歌首先应该是一种精妙的语言艺术。同理，诗歌的翻译也就不得不首先表现为同类精妙的语言艺术。若译者的语言平庸而无光彩，与原作的语言艺术程度差距太远，那就最多只是原诗含义的注释性文字，算不得真正的诗歌翻译。

那么，何谓诗歌的语言艺术？

无他，修辞造句、音韵格律一整套规矩而已。无规矩不成方圆，无限制难成大师。奥运会上所有的技能比赛，无不按照特定的规矩来显示参赛者高妙的技能。德国诗人歌德（Johann Wolfgang von Goethe）《自然和艺术》（"Natur und Kunst"）一诗最末两行亦彰扬此理：

非限制难见作手，

唯规矩予人自由。[1]

艺术家的"自由"，得心应手之谓也。诗歌既为语言艺术，自然就有一整套相应的语言艺术规则。诗人应用这套规则时，一旦达到得心应手的程度，那就是达到了真正成熟的境界。当然，规矩并非一点都不可打破，但只有能够将规矩使用到随心所欲而不逾矩的程度的人，才真正有资格去创立新规矩，丰富旧规矩。创新是在承传旧规则长处的基础上来进行的，而不是完全推翻旧规则，肆意妄为。事实证明，在语言艺术上

1　In der Beschränkung zeigt sich erst der Meister, / Und das Gesetz nur kann uns Freiheit geben. 参见 http://www.business-it.nl/files/7d413a5dca62fc735a072b16fbf050b1-27.php.

凡无视积淀千年的诗歌语言规则，随心所欲地巧立名目、乱行胡来者，
永不可能在诗歌语言艺术上取得大的成就，所以歌德认为：

> 若徒有放任习性，
>
> 则永难至境遨游。[1]

诗歌语言艺术如此需要规则，如此不可放任不羁，诗歌的翻译自然
也同样需要相类似的要求。这个要求就是笔者前面提出的主张：若原诗
是精妙的语言艺术，则理论上说来，译诗也应是同类精妙的语言艺术。

但是，"同类"绝非"同样"。因为，由于原作和译作使用的语言载
体不一样，其各自产生的语言艺术规则和效果也就各有各的特点，大多
不可同样复制、照搬。所以译作的最高目标，是尽可能在译入语的语言
艺术领域达到程度大致相近的语言艺术效果。这种大致相近的艺术效果
程度可叫作"最佳近似度"。它实际上也就是一种翻译标准，只不过针
对不同的文类，最佳近似度究竟在哪些因素方面可最佳程度地（并不一
定是最大程度地）取得近似效果，不是一成不变的，而是具有高度的灵
活性。不同的文类，甚至针对不同的受众，我们都可以设定不同的最佳
近似度。这点在拙著《中西诗比较鉴赏与翻译理论》（清华大学出版社，
2010 年）的相关章节中有详细的厘定，此不赘。

话与诗的关系：话不是诗

古人的口语本来就是白话，与现在的人说的口语是白话一个道理。

---

1 Vergebens werden ungebundene Geister / Nach der Vollendung reiner Höhe streben.
参 见 http://www.cosmiq.de/qa/show/3454062/Vergebens-werden-ungebundne-Geister-
Nach-der-Vollendung-reiner-Hoehe-streben-Was-ist-die-Bedeutung-dieser-2-Verse-Ich-komm-
nicht-drauf/t.

正因为白话太俗，不够文雅，古人慢慢将白话进行改进，使它更加规范、更加准确，并且用语更加丰富多彩，于是文言产生。在文言的基础上，还有更文的文字现象，那就是诗歌，于是诗歌产生。所以就诗歌而言，文言味实际上就是一种特殊的诗味。文言有浅近的文言，也有佶屈聱牙的文言。中国传统诗歌绝大多数是浅近的文言，但绝非口语、白话。诗中有话的因素，自不待言，但话的因素往往正是诗试图抑制的成分。

文言和诗歌的产生是低俗的口语进化到高雅、准确层次的标志。文言和诗歌的进一步发展使得语言的艺术性愈益增强。最终，文言和诗歌完成了艺术性语言的结晶化定型。这标志着古代文学和文学语言的伟大进步。《诗经》、楚辞、唐诗、宋词、元明戏曲，以及从先秦、汉、唐、宋、元至明清的散文等，都是中国语言艺术逐步登峰造极的明证。

人们往往忘记：话不是诗，诗是话的升华。话据说至少有**几十万年**的历史，而诗却只有**几千年**的历史。白话通过漫长的岁月才升华成了诗。因此，从理论上说，白话诗不是最好的诗，而只是低层次的、初级的诗。当一行文字写得不像是话时，它也许更像诗。"太阳落下山去了"是话，硬说它是诗，也只是平庸的诗，人人可为。而同样含义的"白日依山尽"不像是话，却是真正的诗，非一般人可为，只有诗人才写得出。它的语言表达方式与一般人的通用白话脱离开来了，实现了与通用语的偏离（deviation from the norm）。这里的通用语指人们天天使用的白话。试想把唐诗宋词译成白话，还有多少诗味剩下来？

谢谢古代先辈们一代又一代、不屈不挠的努力，话终于进化成了诗。

但是，20 世纪初一些激进的中国学者鼓荡起一场声势浩大的白话文运动。

客观说来，用白话文来书写、阅读自然科学和人文科学文献，例如哲学、政治学、伦理学、经济学等等文献，这都是**伟大的进步**。这个进步甚至可以上溯到八百多年前朱熹等大学者用白话体文章传输理学思想。对此笔者非常拥护，非常赞成。

但是约一百年前的白话诗运动却未免走向了极端，事实上是一种语言艺术方面的倒退行为。已经高度进化的诗词曲形式被强行要求返祖回归到三千多年前的类似白话的状态，已经高度语言艺术化了的诗被强行要求退化成话。艺术性相对较低的白话反倒成了正统，艺术性较高的诗反倒成了异端。其实，容许口语类白话诗和文言类诗并存，这才是正确的选择。但一些激进学者故意拔高白话地位，在诗歌创作领域搞成白话至上主义，这就走上了极端主义道路。

这个运动影响到诗歌翻译的结果是什么呢？结果是西方所有的大诗人，不论是古代的还是近代的，如荷马（Homer）、但丁（Dante）、莎士比亚、歌德、雨果（Victor Hugo）、普希金（Alexander Pushkin）……都莫名其妙地似乎用同一支笔写出了 20 世纪初才出现的味道几乎相同的白话文汉诗！

将产生这种极端性结果的原因再回推，我们会清楚地明白，当年的某些学者把文学艺术简单雷同于人文社会科学，误解了文学艺术，尤其是诗歌艺术的特殊性质，误以为诗就是话，混淆了诗与话的形式因素。

针对莎士比亚戏剧诗的翻译对策

由上可知，莎士比亚的剧文既然大多是格律诗，无论有韵无韵，它们都是诗，都有格律性。因此在汉译中，我们就有必要显示出它具有格律性，而这种格律性就是诗性。

问题在于，格律性是附着在语言形式上的；语言改变了，附着其上的格律性也就大多会消失。换句话说，格律大多不可复制或模仿，这就正如用钢琴弹不出二胡的效果，用古筝奏不出黑管的效果一样。但是，原作的内在旋律是可以模仿的，只是音色变了。原作的诗性是可以换个形式营造的，这就是利用汉语本身的语言特点营造出大略类似的语言艺术审美效果。

由于换了另外一种语言媒介，原作的语音美设计大多已经不能照搬、复制，甚至模拟了，那么我们就只好断然舍弃掉原作的许多语音美设计，而代之以译入语自身的语言艺术结构产生的语音美艺术设计。当然，原作的某些语音美设计还是可以尝试模拟保留的，但在通常的情况下，大多数的语音美已经不可能传输或复制了。

利用汉语本身的语音审美特点来营造莎士比亚诗歌的汉译语音审美效果，是莎士比亚作品翻译的一个有效途径。机械照搬原作的语音审美模式多半会失败，并且在大多数的场合下也没有必要。

具体说来，这就涉及翻译莎士比亚戏剧作品时该如何处理：1）节奏；2）韵律；3）措辞。笔者主张，在这三个方面，我们都可以适当借鉴利用中国古代词曲体的某些因素。戏剧剧文中的诗行一般都不宜多用单调的律诗和绝句体式。元明戏剧为什么没有采用前此盛行的五言或七言诗行而采用了长短错杂、众体皆备的词曲体？这是一种艺术形式发展的必然。元明曲体由于要更好更灵活地满足抒情、叙事、论理等诸多需要，故借用发展了词的形式，但不是纯粹的词，而是融入了民间语汇。词这种形式涵盖了一言、二言、三言、四言、五言、六言、七言、八言……乃至十多言的长短句式，因此利于表达变化莫测的情、事、理。从这个意义上看，莎士比亚剧文语言单位的参差不齐状态与中文词曲体句式的参差不齐状态正好有某种相互呼应的效果。

也许有人说，莎士比亚的剧文虽然是格律诗，但并不怎么押韵，因此汉诗翻译也就不必押韵。这个说法也有一定道理，但是道理并不充实。

首先，我们应该明白，既然莎士比亚的剧文是诗体，人们读到现今的散体译文或不押韵的分行译文却难以感受到其应有的诗歌风味，原因即在于其音乐性太弱。如果人们能够照搬莎士比亚素体诗所惯常用的音步效果及由此引起的措辞特点，当然更好。但事实上，原作的节奏效果是印欧语系语言本身的效果，换了一种语言，其效果就大多不能搬用了，所以我们只好利用汉语本身的优势来创造新的音乐美。这种音乐美很难说是原作的音乐美，但是它毕竟能够满足一点：即诗体剧文应该具有诗歌应有的音乐美这个起码要求。而汉译的押韵可以强化这种音乐美。

其次，莎士比亚的剧文不押韵是由诸多因素造成的。第一，属于印欧语系语言的英语在押韵方面存在先天的多音节不规则形式缺陷，导致押韵词汇范围相对较窄。所以对于英国诗人来说，很苦于押韵难工；莎士比亚的许多押韵体诗，例如十四行诗，在押韵方面都不很工整。其次，莎士比亚的剧文虽不押韵，却在节奏方面十分考究，这就弥补了音韵方面的不足。第三，莎士比亚的剧文几乎绝大多数是诗行，对于剧作者来说，每部长达两三千行的诗行行都要押韵，这是一个极大的挑战，很难完成。而一旦改用素体，剧作者便会轻松得多。但是，以上几点对于汉语译本则不是一个问题。汉语的词汇及语音构成方式决定了它天生就是一种有利于押韵的艺术性语言。汉语存在大量同韵字，押韵是一件很容易的事情。汉语的语音音调变化也比莎士比亚使用的英语的音调变化空间大一倍以上。汉语音调至少有四种（加上轻重变化可达六至八种），而英语的音调主要局限于轻重语调两种，所以存在于印欧语系文字诗歌中的频频押韵有时会产生的单调感，在汉语中会在很大程度上由于语调的多变而得到缓解。故汉语戏剧剧文在押韵方面有很大的潜在优势空间，实际上元明戏剧剧文频频押韵就是证明。

第三，莎士比亚的剧文虽然很多不押韵，但却具极强的节奏感。他惯用的格律多半是抑扬格五音步（iambic pentameter）诗行。如果我们在节奏方面难以传达原作的音美，或者可以通过韵律的音美来弥补节奏美的丧失，这种翻译对策谓之堤内损失堤外补，亦谓失之东隅，收之桑榆。我们的语言在某方面有缺陷，可以通过另一方面的优点来弥补。当然，笔者主张在一定程度上借鉴利用传统词曲的风味，却并不主张使用宋词、元曲式的严谨格律，而只是追求一种过分散文化和过分格律化之间的妥协状态。有韵但是不严格，要适当注意平仄，但不过多追求平仄效果及诗行的整齐与否；不必有太固定的建行形式，只是根据诗歌本身的内容和情绪赋予适当的节奏与韵式。在措辞上则保持与白话有一段距离，但是绝非佶屈聱牙的文言，而是趋近典雅、但普通读者也能读懂的语言。

最后，根据翻译标准多元互补论原理，由于莎士比亚作品在内容、形式及审美效应方面具有多样性，因此，只用一种类乎纯诗体译法来翻译所有的莎士比亚剧文，也是不完美的，因为单一的做法也许无形中堵塞了其他有益的审美趣味通道。因此，这套译本的译风虽然整体上强调诗化、诗味，但是在营造诗味的途径和程度上不是单一的。我们允许诗体译风的灵活性和创新性。多译者译法实际上也是在探索诗体译法的诸多可能性，这为我们将来进一步改进这套译本铺垫了一条较宽的道路。因此，译文从严格押韵、半押韵到不押韵的各个程度，译本都有涉猎。但是，无论是否押韵，其节奏和措辞应该总是富于诗意，这个要求则是统一的。这是我们对皇家版《莎士比亚全集》译本的语言和风格要求。不能说我们能完全达到这个目标，但我们是往这个方向努力的。正是这样的努力，使这套译本与前此译本有很大的差异，在一定的意义上来说，标志着中国莎士比亚著作翻译的一次大转折。

翻译突破：还原莎士比亚作品禁忌区域

另有一个课题是中国学者从前讨论得比较少的禁忌领域，即莎士比亚著作中的性描写现象。

许多西方学者认为，莎士比亚酷爱色情字眼，他的著作渗透着性描写、性暗示。只要有机会，他就总会在字里行间，用上与性相联系的双关语。西方人很早就搜罗莎士比亚著作的此类用语，编纂了莎士比亚淫秽用语词典。这类词典还不止一种。1995 年，我又看到弗朗基·鲁宾斯坦（Frankie Rubinstein）等编纂了《莎士比亚性双关语释义词典》（*A Dictionary of Shakespeare's Sexual Puns and Their Significance*），厚达372 页。

赤裸裸的性描写或过多的淫秽用语在传统中国文学作品中是受到非议的，尽管有《金瓶梅》这样被判为淫秽作品的文学现象，但是中国传统的主流舆论还是抑制这类作品的。莎士比亚的作品固然不是通常意义上的淫秽作品，但是它的大量实际用语确实有很强的色情味。这个极鲜明的特点恰恰被前此的所有汉译本故意掩盖或在无意中抹杀掉。莎士比亚的所有汉译者，尤其是像朱生豪先生这样的译者，显然不愿意中国读者看到莎士比亚的文笔有非常泼辣的大量使用性相关脏话的特点。这个特点多半都被巧妙地漏译或改译。于是出现一种怪现象，莎士比亚著作中有些大段的篇章变成汉语后，尽管读起来是通顺的，读者对这些话语却往往感到莫名其妙。以《罗密欧与朱丽叶》第一幕第一场前面的 30 行台词为例，这是凯普莱特家两个仆人山普孙与葛莱古里之间的淫秽对话。但是，读者阅读过去的汉译本时，很难看到他们是在说淫秽的脏话，甚至会认为这些对话只是仆人之间的胡话，没有什么意义。

不过，前此的译本对这类用语和描写的态度也并不完全一样，而是依据年代距离在逐步改变。朱生豪先生的译本对这些东西删除改动得最多，梁实秋先生已经有所保留，但还是有节制。方平先生等的译本保留得更多一些，但仍然持有相当的保留态度。此外，从英语的不同版本看，有的版本注释得明白，有的版本故意模糊，有的版本注释者自己也没有弄懂这些双关语，那就更别说中国译者了。

在这一点上，我们目前使用的皇家版《莎士比亚全集》是做得最好的。

那么，我们该怎样来翻译莎士比亚的这种用语呢？是迫于传统中国道德取向的习惯巧妙地回避，还是尽可能忠实地传达莎士比亚的本真用意？我们认为，前此的译本依据各自所处时代的中国人道德价值的接受状态，采用了相应的翻译对策，出现了某种程度的曲译，这是可以理解的，是特定历史条件下的产物。但是，历史在前进，中国人的道德观已经有了很大的改变，尤其是在性禁忌领域。说实话，无论我们怎样真实地还原莎士比亚著作中的性双关描写，比起当代文学作品中有时无所忌讳的淫秽描写来，莎士比亚还真是有小巫见大巫的感觉。换句话说，目前中国人在这方面的外来道德价值接受状态，已经完全可以接受莎士比亚著作中的性双关用语了。因此，我们的做法是尽可能真实还原莎士比亚性相关用语的现象。在通常的情况下，如果直译不能实现这种现象的传输，我们就采用注释。可以说，在这方面，目前这个版本是所有莎士比亚汉译本中做得最超前的。

译法示例

莎士比亚作品的文字具有多种风格，早期的、中期的和晚期的语言风格有明显区别，悲剧、喜剧、历史剧、十四行诗的语言风格也有区别。甚至同样是悲剧或喜剧，莎士比亚的语言风格往往也会很不相同。比如同样是属于悲剧，《罗密欧与朱丽叶》剧文中就常常有押韵的段落，而大悲剧《李尔王》却很少押韵；同样是喜剧，《威尼斯商人》是格律素体诗，而《快乐的温莎巧妇》却大多是散文体。

　　与此现象相应，我们的翻译当然也就有多种风格。虽然不完全一一对应，但我们有意避免将莎士比亚著作翻译成千篇一律的一种文体。从这个意义上说，皇家版《莎士比亚全集》汉译本在某些方面采用了全新的译法。这种全新译法不是孤立的一种译法，而是力求展示多种翻译风格、多种审美尝试。多样化为我们将来精益求精提供了相对更多的选择。如果现在固定为一种单一的风格，那么将来要想有新的突破，就困难了。概括说来，我们的多种翻译风格主要包括：1）有韵体诗词曲风味译法；2）有韵体现代文白融合译法；3）无韵体白话诗译法。下面依次选出若干相应风格的译例，供读者和有关方面品鉴。

一、有韵体诗词曲风味译法

　　有韵体诗词曲风味译法注意使用一些传统诗词曲中诗味比较浓郁的词汇，同时注意遣词不偏僻，节奏比较明快，音韵也比较和谐。但是，它们并不是严格意义上的传统诗词曲，只是带点诗词曲的风味而已。例如：

女巫甲　　何时我等再相逢？

　　　　　　闪电雷鸣急雨中？

女巫乙　　待到硝烟烽火静，

　　　　　　沙场成败见雌雄。

女巫丙　　残阳犹挂在西空。　　　　　　　（《麦克白》第一幕第一场）

小丑甲　　当时年少爱风流，

　　　　　　有滋有味有甜头；

　　　　　　行乐哪管韶华逝，

　　　　　　天下柔情最销愁。　　　　　　　（《哈姆莱特》第五幕第一场）

朱丽叶　天未曙，罗郎，何苦别意匆忙？
　　　　鸟音啼，声声亮，惊骇罗郎心房。
　　　　休听作破晓云雀歌，只是夜莺唱，
　　　　石榴树间，夜夜有它设歌场。
　　　　信我，罗郎，端的只是夜莺轻唱。

罗密欧　不，是云雀报晓，不是莺歌，
　　　　看东方，无情朝阳，暗洒霞光，
　　　　流云万朵，镶嵌银带飘如浪。
　　　　星斗如烛，恰似残灯剩微芒，
　　　　欢乐白昼，悄然驻步雾嶂群岗。
　　　　奈何，我去也则生，留也必亡。

朱丽叶　听我言，天际微芒非破晓霞光，
　　　　只是金乌，吐射流星当空亮，
　　　　似明炬，今夜为郎，朗照边邦，
　　　　何愁它曼托瓦路，漫远悠长。
　　　　且稍待，正无须行色皇皇仓仓。

罗密欧　纵身陷人手，蒙斧钺加诛于刑场；
　　　　只要这勾留遂你愿，我欣然承当。
　　　　让我说，那天际灰朦，非黎明醒眼，
　　　　乃月神眉宇，幽幽映现，淡淡辉光；
　　　　那歌鸣亦非云雀之讴，哪怕它
　　　　嚣然振动于头上空冥，嘹亮高亢。
　　　　我巴不得栖身此地，永不他往。
　　　　来吧，死亡！倘朱丽叶愿遂此望。
　　　　如何，心肝？畅谈吧，趁夜色迷茫。

　　　　　　　　　　　《罗密欧与朱丽叶》第三幕第五场）

二、有韵体现代文白融合译法

有韵体现代文白融合译法的特点是：基本押韵，措辞上白话与文言尽量能够水乳交融；充分利用诗歌的现代节奏感，俾便能够念起来朗朗上口。例如：

哈姆莱特 死，还是生？这才是问题根本：

莫道是苦海无涯，但操戈奋进，

终赢得一片清平；或默对逆运，

忍受它箭石交攻，敢问，

两番选择，何为上乘？

死灭，睡也，倘借得长眠

可治心伤，愈千万肉身苦痛痕，

则岂非美境，人所追寻？死，睡也，

睡中或有梦魇生，唉，症结在此；

倘能撒手这碌碌凡尘，长入死梦，

又谁知梦境何形？念及此忧，

不由人踌躇难定：这满腹疑情

竟使人苟延年命，忍对苦难平生。

假如借短刀一柄，即可解脱身心，

谁甘愿受人世的鞭挞与讥评，

强权者的威压，傲慢者的骄横，

失恋的痛楚，法律的耽延，

官吏的暴虐，甚或默受小人

对贤德者肆意拳脚加身？

谁又愿肩负这如许重担，

流汗、呻吟，疲于奔命，

倘非对死后的处境心存疑云，

惧那未经发现的国土从古至今
无孤旅归来，意志的迷惘
使我辈宁愿忍受现世的忧闷，
而不敢飞身投向未知的苦境？
前瞻后顾使我们全成懦夫，
于是，本色天然的决断决行，
罩上了一层思想的惨淡余阴，
只可惜诸多待举的宏图大业，
竟因此如逝水忽然转向而行，
失掉行动的名分。　　　（《哈姆莱特》第三幕第一场）

麦克白　　若做了便是了，则快了便是好。
若暗下毒手却能横超果报，
割人首级却赢得绝世功高，
则一击得手便大功告成，
千了百了，那么此际此宵，
身处时间之海的沙滩、岸畔，
何管它来世风险逍遥。但这种事，
现世永远有裁判的公道：
教人杀戮之策者，必受杀戮之报；
给别人下毒者，自有公平正义之手
让下毒者自食盘中毒肴。　　　（《麦克白》第一幕第七场）

损神，耗精，愧煞了浪子风流，
都只为纵欲眠花卧柳，
阴谋，好杀，赌假咒，坏事做到头；

心毒手狠，野蛮粗暴，背信弃义不知羞。

才尝得云雨乐，转眼意趣休。

舍命追求，一到手，没来由

便厌腻个透。呀恰，恰像是钓钩，

但吞香饵，管教你六神无主不自由。

求时疯狂，得时也疯狂，

曾有，现有，还想有，要玩总玩不够。

适才是甜头，转瞬成苦头。

求欢同枕前，梦破云雨后。

唉，普天下谁不知这般儿歹症候，

却避不得便往这通阴曹的天堂路儿上走！

（十四行诗第一百二十九首）

三、无韵体白话诗译法

无韵体白话诗译法的特点是：虽然不押韵，但是译文有很明显的和谐节奏，措辞畅达，有诗味，明显不是普通的口语。例如：

贡妮芮　　父亲，我爱您非语言所能表达；

胜过自己的眼睛、天地、自由；

超乎世上的财富或珍宝；犹如

德貌双全、康强、荣誉的生命。

子女献爱，父亲见爱，至多如此；

这种爱使言语贫乏，谈吐空虚：

超过这一切的比拟——我爱您。（《李尔王》第一幕第一场）

李尔　　国王要跟康沃尔说话，慈爱的父亲

要跟他女儿说话，命令、等候他们服侍。

这话通禀他们了吗？我的气血都飙起来了！
火爆？火爆公爵？去告诉那烈性公爵——
不，还是别急：也许他是真不舒服。
人病了，常会疏忽健康时应尽的
责任。身子受折磨，
逼着头脑跟它受苦，
人就不由自主了。我要忍耐，
不再顺着我过度的轻率任性，
把难受病人偶然的发作，错认是
健康人的行为。我的王权废掉算了！
为什么要他坐在这里？这种行为
使我相信公爵夫妇不来见我
是伎俩。把我的仆人放出来。
去跟公爵夫妇讲，我要跟他们说话，
现在就要。叫他们出来听我说，
不然我要在他们房门前打起鼓来，
不让他们好睡。　　　　　（《李尔王》第二幕第二场）

奥瑟罗　　诸位德高望重的大人，
　　　　　我崇敬无比的主子，
　　　　　我带走了这位元老的女儿，
　　　　　这是真的；真的，我和她结了婚，说到底，
　　　　　这就是我最大的罪状，再也没有什么罪名
　　　　　可以加到我头上了。我虽然
　　　　　说话粗鲁，不会花言巧语，
　　　　　但是七年来我用尽了双臂之力，

直到九个月前，我一直
都在战场上拼死拼活，
所以对于这个世界，我只知道
冲锋向前，不敢退缩落后，
也不会用漂亮的字眼来掩饰
不漂亮的行为。不过，如果诸位愿意耐心听听，
我也可以把我没有化装掩盖的全部过程，
一五一十地摆到诸位面前，接受批判：
我绝没有用过什么迷魂汤药、魔法妖术，
还有什么歪门邪道——反正我得到他的女儿，
全用不着这一套。　　　　　（《奥瑟罗》第一幕第三场）

目　录

《维洛那二绅士》导言

　　《维洛那二绅士》是莎士比亚早期创作的戏剧之一，也许是他的第一部戏剧。我们不太清楚该剧创作或首演的确切时间，然而，就该剧的文体风格和戏剧特征而言，应将其归为早期作品之列：演员阵容较小，大量诗行行末停顿，语言和人物塑造相对简单。尽管剧中的青年显得相对肤浅，但也体现出那一人生阶段的诸多美德：朝气蓬勃，充满活力，行动敏捷，全心全意，直入正题，敞开心扉。该剧涉及了年轻人最为关切的事宜：他们自身、他们的友情和他们的爱情。该剧的戏剧性冲突主要植根于：人们如何才能在忠实于自己的同时，又能忠实于最好的朋友，忠实于爱恋的对象？尤其是当你所迷恋的对象碰巧又是你最好朋友的女友之时。

　　从各方面来说，《维洛那二绅士》可谓莎氏后期作品赖以发展的原型。女扮男装的女主角在 16 世纪 90 年代后期和 17 世纪初期的著名喜剧中均反复出现。有关强盗的场景首次将剧中的活动从"文明良善"的社会引到了"荒郊野外"或者森林之中，出人意料的情节在此展开，预示着《仲夏夜之梦》（*A Midsummer Night's Dream*）中的那片魔法树林，以及《皆大欢喜》（*As You Like It*）中的阿登森林。同时，普洛丢斯的独白也为后续的莎剧人物塑造提供了范例——遭受身份认同危机和意识危机——从而将主题引向极为不同（当然也是更为复杂）的领域，即：理查三世（Richard III）、理查二世（Richard II）的自省，以及最终的哈姆莱特（Hamlet）的自省。

该剧以确立两位绅士之间的友情为起点。按照基督教的习俗，凡伦丁（Valentine）的名字是指情人的主保圣人，而普洛丢斯（Proteus）的名字却会令人想起希腊神话中可改变形体的神。他们的名字便足以表明凡伦丁将是一位忠贞不渝的情人，而普洛丢斯则会三心二意。不过，凡伦丁最初所孜孜以求的只是"荣誉"，而非情欲。他打算到米兰城内寻求发展，而不想"待在家里无所事事"。他这种想法在当时的伦敦会令许多戏迷观众顿感兴趣，因为他们自己很可能就是从外省迁来首府的——正像莎士比亚本人在写作此剧之前不久所做的那样。

相比之下，普洛丢斯的经历则更像一种心路历程：他抛弃了自己，抛弃了亲友，抛弃了一切，为的是爱情。他对朱利娅的渴望已使他"变形"，使他荒废了学业，浪费了光阴，并且"拒绝良言相劝"。当时的道德说教作品对此类的自我糟蹋不乏告诫。年轻绅士应该去学习如何做人与如何行事的艺术，而不该因感情和女人的影响而分心。但因感情和女人分心之现象却在当时的舞台剧中颇为流行，这也是伊丽莎白时代的"清教徒们"抨击舞台演出的部分原因。

本剧的开场也揭示了代际和性别之间的阻隔。莎士比亚用主仆之间的诙谐玩笑设置了一段跨越阶层壁垒的对白。凡伦丁的奴仆史比德剖析了宫廷恋人那种茫然若失的特征：他看到自己的主人双臂紧抱，好像是抑郁寡欢、不满现状似的；他哼唱情歌，独自徘徊；他唉声叹气，好像小学生丢了识字课本，知道会惹来麻烦似的；他哭哭啼啼，说起话来带有哭腔；他茶饭不思，好像是在节食似的。该剧对青春之恋的感化力量进行了颂扬——的确也直面了其潜在的破坏力量——同时也嘲弄了宫廷中那种谈情说爱的言谈风尚，后者尤其表现在上层人士矫揉造作的诗歌用语与其奴仆粗犷平实的散文表白之间的对比上。

史比德（Speed）这个名字意味着聪明敏捷，这一点可在其口齿伶俐和明察绅士身上的瑕疵方面得以验证。他好像总会比凡伦丁提前一步，以一种与观众共享的旁白方式预见其主人的行动。普洛丢斯的奴仆朗斯（Lance）这个名字也意味着思维敏捷——莎士比亚本人常被同代人赞称才思敏捷，犹如其名字中的"梭镖（spear）"一样锐利。然而，颇具反讽的是，朗斯的行为方式丝毫不见机敏：他实属丑角之列，做什么事情都会出错，并且说话听音颠三倒四（将"浪子 [prodigal son]"说成"才子 [prodigious son]"，将"情种 [a notable lover]"误听成"大笨蛋 [a notable lubber]"）。他想用自己的鞋子、棍子、帽子和狗演示自己与家人告别的场景，结果却弄得乱成一团。将一条活狗带上舞台所造成的无法预料的后果本该是这种戏谑场景的笑点所在，然而，实际上却是由于朗斯自己的无能，才使得台下笑声连连。在第四幕的终场，再次出现了只有朗斯和他的狗这两个角色的场景，重复了仆人应顺从主人的主题。正像朗斯将普洛丢斯派给他的差事办糟，克来勃的行动也违背了朗斯的心愿："难道我没告诉你时刻关注我并照我做的去做？你啥时候见我抬起腿来向一位淑女的裙子上撒尿？"

在史比德嘲笑凡伦丁坠入爱河的同时，朗斯却像其主人一样向情欲屈服。他爱上了一位挤奶女工——一种性格粗野者的原型，尽管其在此剧中并未现身，但她将化身为《错误的喜剧》（*The Comedy of Errors*）中那位肥胖的厨娘，以及《皆大欢喜》中的羊倌奥德蕾（Audrey）。朗斯的那张品性清单列着挤奶女工各种现实的优点与缺点，是对宫廷恋人列举其情人之美的清单进行的滑稽模仿与嘲弄。

西尔维娅是宫廷传奇中的漂亮淑女，是男人们专注和向往的对象，是受到崇拜供养的雕塑，极少显露自己的内心世界。相比之下，朱利娅却是情感外露，为了追寻普洛丢斯，她离家外出，面对危险。她的这一决定表明性别上的双重标准在莎士比亚时代颇为盛行：一位青年男子待在家里无所事事会遭受谴责，而一位年轻女子离家外出却可能成为丑闻。

莎士比亚最爱采用的写作技巧之一便是对不同场景进行讽刺性的对比：我们看到朱利娅动身踏上危险的征途，从而验证了她对普洛丢斯的爱情；可就在此前，我们却看到普洛丢斯因对西尔维娅一见钟情而声称已将朱利娅抛弃。凡伦丁将好友引荐给自己的情人的场景非常简短，但写作手法却相当微妙。剧情将话题引向了礼貌用语与求爱用语之间的模棱两可。凡伦丁请求西尔维娅"要用特殊的款待"欢迎普洛丢斯，并"接受他"为她效劳。其实，他的本意是"请敬重我的朋友"，但若按宫廷的习惯说法，"效劳"一词就等于"示爱"；普洛丢斯由此得到了契机，从而把自己当成了凡伦丁的情敌——当西尔维娅谦卑地自称为"卑贱主人"时，他立刻回应道：谁要是这样说她，他就跟谁拼命。从某种意义上讲，该剧的关键就在于 mistress（主人、情人）这个词的双关语义。

普洛丢斯通过前后紧密相连的两次独白探讨了自身的转变。他在首次独白中将自己对朱利娅的爱情比喻为一尊蜡像，因他为西尔维娅刚刚燃起的欲火而化为乌有。同时，他也意识到自己爱上的不过是一幅"画像"——她的美丽外貌而已。在随后的场景里，该剧通过一系列的发问就爱情的本质进行了更为深刻的探索，主要围绕着外表之美的"影子"与内在品性的"实体"或"精华"之间的关系。与这一主题相对照的情节便是普洛丢斯在其第二次独白中所关心的问题：发誓与背誓、找到自我与失去自我，以及"诱人的爱情"与"友情之道"之间的冲突。"爱上了"，在剧情的关键时刻普洛丢斯不禁发问，"谁还在乎朋友？"

在莎士比亚职业生涯的最后几年之前，其戏剧在演出时并无幕间休息。尽管如此，戏剧第四幕伊始在情节方面也常会出现明显的变化。此刻的剧情已盘根错节，因此破解谜团的时机现已到来。该剧转折点的标志就是，场景从宫廷和城内转向了由一群较为斯文的强盗所盘踞的森林。其中的一位强盗"以罗宾汉的胖修士之光头"起誓，这些强盗会使人想起绿林好汉之间那种快活的同志友情，远离古老故事中的暴力行为和政治调门。

愈遭拒绝，欲望愈烈。西尔维娅越是唾弃普洛丢斯，普洛丢斯就越是爱她。以此类推，他越是蔑视朱利娅，朱利娅就越是爱他。在该剧最为有趣的一系列场景之间，音乐被引入其中以营造一种夜间氛围；其间，普洛丢斯在西尔维娅的窗外替代图里奥向她求婚，但他并未意识到他的话语全让扮成侍童的朱利娅听见了——这是她灵魂的黑暗之夜。然而，剧情随后便出现了一种颇为大胆的莎士比亚式的逆转，当普洛丢斯迎面遇到女扮男装的朱利娅时，他却对这位"侍童"想入非非："你叫塞巴斯蒂安吗？我很喜欢你，我会立刻雇你提供服务。"其中，employ（雇用）与 service（服务）两词均有双关语义：雇用其做家仆以及雇用其提供性服务。与《第十二夜》（*Twelfth Night*）中的薇奥拉（Viola）的处境相似，朱利娅发现自己竟沦为其情郎的"奴仆"，而她梦寐以求的却是做他的"主人"。此前，普洛丢斯只是将朱利娅视为一个装点门面的金发美人而已。现在既然认为她是塞巴斯蒂安，他便在不知不觉中开始发现她的内在品质。

此刻，该剧已达到其错综复杂与自觉艺术的顶点。现有两种形象展现在观众面前：西尔维娅的画像与塞巴斯蒂安的叙述，后者穿着朱利娅的服装，扮演一位被抛弃的情人——希腊著名神话中被忒修斯（Theseus）抛弃的阿里阿德涅（Ariadne）。这两种形象之间的对照有力地表明了莎士比亚的宣告：演员的演艺超越了画师的画艺，而莎士比亚自己对爱情的戏剧化刻画也超越了宫廷传奇中的固化视野。画像，就像宫廷传奇中的淑女，不过是一种"麻木的图像"，会受到"崇拜、亲吻、喜爱和钦佩"。演员，相比之下，却是那么动情和令人信服（"演得如此逼真"），连观众都会被感动得潸然泪下。论及用矫饰的言辞表达永恒的爱慕——宫廷情人所惯用的各种唉声叹气和诗意夸张——无人能超普洛丢斯；然而，他的三心二意却暴露了其中的虚伪本质。颇为反常的是，演员倒是真心诚意：因为"塞巴斯蒂安"就是真正的朱利娅，所以她不是为忒修斯而动情，而是为普洛丢斯的伪誓和背弃而动情。

一位画师可以通过技艺欺骗人们的眼睛——透视深度的错觉，由于观察者的视角不同而产生的不同或失真的映像——但是戏剧性的想象却更胜一筹：朱利娅在剧中成功地再现了塞巴斯蒂安，男演员在舞台上将朱利娅演得活灵活现；二者映照着塞巴斯蒂安扮演阿里阿德涅这一虚构的表演。莎士比亚在其职业生涯中一再采用这种错综复杂、虚实相间的艺术手法，这也体现了莎士比亚的核心理念，亦即在这个世界大舞台上我们大家都是演员。

经过第四幕情真意切的场景之后，莎士比亚在第五幕迅速跨入了惯常的喜剧性终场。利用快活的强盗所盘踞的绿林进行收场便是他的拿手好戏。与《仲夏夜之梦》中的树林不同，此处并不存在复杂的心理环境。文明社会那层光鲜的面纱在此被剥去，允许人们率性而为。心理上的一致性在此并不重要：普洛丢斯一度威胁要强奸西尔维娅，凡伦丁随后则试图通过将西尔维娅让与普洛丢斯来表明他把绅士之间的友情看得高于情爱。结局如期而至，可谓皆大欢喜；然而这种戛然而止的结局却表明莎士比亚缺乏耐心或未臻成熟——不过，这一点再次表明他的思想极为活跃和富有创意，他才不会在结局上煞费苦心。

参考资料

剧情：凡伦丁想去见见世面，便从维洛那动身前往米兰。普洛丢斯因为
爱上了朱利娅而停留在家。朱利娅也爱上了普洛丢斯，但直到露西塔将
普洛丢斯的情书展示给朱利娅之后，他们才知道彼此相爱。普洛丢斯在
阅读朱利娅的回信时，他的父亲安东尼奥却将自己的决定告知于他，即
将他送往公爵的宫中与凡伦丁做伴。两位情人就此告别并发誓忠贞不渝。
普洛丢斯来到米兰之后发现凡伦丁已爱上了公爵的女儿西尔维娅，并计
划与她私奔，以此挫败她父亲想把她嫁给图里奥的意图。凡伦丁将自己
的计划透露给了朋友；但普洛丢斯因为对西尔维娅一见钟情，便把这一
计划泄露给了公爵，凡伦丁因此遭到流放，被逐出米兰。在荒郊野外他
遇到了一群强盗并被推选为他们的首领。与此同时，装扮成塞巴斯蒂安
的朱利娅为了追寻普洛丢斯也来到了米兰。她偶然听到普洛丢斯在对西
尔维娅海誓山盟，这令她身心交瘁；但因女扮男装，她便作为侍童开始
为他当差。当普洛丢斯派她去给西尔维娅送信时，却发现他的殷勤再次
遭拒，西尔维娅对凡伦丁忠心耿耿，这使朱利娅颇受鼓舞。西尔维娅逃
往森林与凡伦丁相会。公爵与图里奥动身追赶，普洛丢斯与朱利娅尾随
其后。西尔维娅被强盗拦截，但被普洛丢斯搭救。当普洛丢斯看到西尔
维娅依然对他不屑一顾时，便试图强行施暴。凡伦丁突然出现，普洛丢
斯不得不面对自己的背叛行为。朱利娅显露自己的真实身份，和解由此
开始。

主要角色：（列有台词行数百分比／台词段数／上场次数）普洛丢斯
（20%/147/11），凡伦丁（17%/149/6），朱利娅（14%/107/7），史比德
（9%/117/6），朗斯（9%/68/4），公爵（9%/48/5），西尔维娅（7%/58/6），
露西塔（3%/48/2），图里奥（3%/36/5）。

语体风格： 诗体约占 80%，散体约占 20%。用韵频繁。

创作年代： 16 世纪 90 年代初期。弗朗西斯·米尔斯（Francis Meres）于 1598 年提及此剧。根据文体风格判断，该剧应属早期作品之一，但无确切证据指明具体年份。

取材来源： 主要情节来自于霍尔赫·德·蒙特马约尔（Jorge de Montemayor）的故事《狄安娜》（*Diana Enamorada*）（原著为西班牙语，由巴塞洛缪·扬 [Bartholomew Yong] 英译，1598 年出版，但手写本于出版前的几年流行）；剧情或也借鉴了由女王剧团于 16 世纪 80 年代演出的剧本《菲利克斯与费丽奥梅娜》（*Felix and Feliomena*），该剧现已逸失。其他影响此剧的文学作品似应包括阿瑟·布鲁克（Arthur Brooke）的《罗密乌斯与朱丽叶》（*Romeus and Juliet*，1562 年）、约翰·黎里（John Lyly）的《尤弗伊斯》（*Euphues*，1578 年），也许还有他的《弥达斯》（*Midas*，约 1589 年）。

文本： 该剧最早的印刷本唯见于 1623 年的第一对开本。依据国王剧团专职誊写员拉尔夫·克兰(Ralph Crane) 的手抄本印制。印刷质量普遍良好。

乔纳森·贝特（Jonathan Bate）

维洛那二绅士

凡伦丁 } 二绅士
普洛丢斯

史比德，凡伦丁之丑角般的奴仆[1]

朗斯，普洛丢斯之仆，与史比德类似[2]

米兰公爵，西尔维娅之父

西尔维娅，凡伦丁之恋人

爱格勒莫，助西尔维娅出逃者

安东尼奥，普洛丢斯之父

潘西诺，安东尼奥之仆

图里奥，凡伦丁之愚蠢的情敌

朱利娅，普洛丢斯之恋人

露西塔，朱利娅之女仆

旅店主，朱利娅寄宿之店主

强盗数人，凡伦丁同伴

仆人、乐师各数人，朗斯的狗克来勃

1　丑角般的奴仆（clownish servant）：实为机敏的年轻男侍。

2　与史比德类似（the like）：实际上朗斯要比史比德年长且更为愚蠢，由剧团的专职小丑担任此角色。

第 一 幕

第一场 / 第一景

维洛那[1]

凡伦丁[2]与普洛丢斯[3]上

凡伦丁　　别再劝了，我可爱的普洛丢斯，

　　　　　　年轻人恋家自然会约束心智。

　　　　　　若不是你心上人送出的秋波

　　　　　　将你的青春岁月牢牢牵制，

　　　　　　我倒是很想请你与我一起

　　　　　　到国外好好地去开开眼界，

　　　　　　总比——待在家里无所事事——

　　　　　　漫无目的地消磨时光要强。

　　　　　　但已恋爱，那就爱吧，祝你成功！

　　　　　　我若谈起恋爱，可能也不会远行。

普洛丢斯　你要走了？亲爱的凡伦丁，再会！

　　　　　　若在旅途中碰见稀奇的景致，

　　　　　　可不要忘了你的普洛丢斯。

1　维洛那（Verona）：意大利一城市，现通常译为"维罗纳"。因该剧在国内通常被译为"维洛那二绅士"，且已为大众所熟知，故此沿用。——译者附注

2　凡伦丁（Valentine）：意为"情人"（源自情人的主保圣人——圣凡伦丁）。（Jonathan Bate: Royal Shakespeare Company；即本译文之蓝本，下称 JB。文中的所有脚注，若未标明出处，均出自该书。另，文中注释参考来源可详见 104 页"参考文献"部分。——译者附注）

3　普洛丢斯（Proteus）：原为希腊神话中可随意改变形体的神，后此词常表欺骗。

当你交上好运时，要想着让我

与你有福同享：若在危险之中——

假如你的境况危机四伏——

便将悲苦交给我虔诚的祷告，

凡伦丁，我要专门为你祈祷。

凡伦丁　　根据一本恋爱经祈祷我成功？

普洛丢斯　根据一本我爱的经为你祷告。

凡伦丁　　是关于一段深情的浅薄表露，

像年轻的勒安得耳[1] 横渡赫勒斯滂[2]。

普洛丢斯　那则故事很深沉，但爱情更深，

因为他爱的深度已没过鞋子。

凡伦丁　　没错，你爱的深度已没过靴子，

但你却从未游过赫勒斯滂。

普洛丢斯　没过了靴子？你别取笑我了。

凡伦丁　　我不取笑，因为那对你无益。

普洛丢斯　无益？

凡伦丁　　坠入爱河，以呻吟换取鄙视，

以哀伤换取轻蔑，二十个消沉、

冗长的不眠之夜换取片刻欢欣；

若追求成功，结果也许会不幸，

若追求失败，那便是白费辛苦；

无论如何，不是理智变为愚蠢，

1　勒安得耳（Leander）：希腊神话中一青年，定期游过赫勒斯滂海峡与情人赫洛（Hero）相会，
直到某夜不幸淹死。

2　赫勒斯滂（Hellespont）：即现今的达达尼尔海峡，在亚洲小亚细亚半岛与欧洲巴尔干半岛之
间。——译者附注

那就是愚蠢会将理智征服。

普洛丢斯 照你说来，我是个傻瓜而已。

凡伦丁 根据你的状况，恐怕不会冤枉。

普洛丢斯 你是对爱情不满，我又不是爱神。

凡伦丁 你是爱神的奴隶，他是你主人；
对一个甘受痴情左右者来说，
我想他不该被列为明智之人。

普洛丢斯 然作家说过：最为鲜嫩的蓓蕾
易有蛀虫，最为聪敏的心灵
才会栖息令人伤心的爱情。

凡伦丁 作家也说过：犹如早春的花蕾
在绽放之前便遭尺蠖叮咬，
年青稚嫩的心智会被爱情
腐蚀，含苞待放便已凋零，
绿意盎然的时节失去生机，
致使远大的前程个个落空。
既然你已对爱情痴迷不悟，
我为何还要对你白费口舌？
再会吧！再会吧！家父已到码头，
正等我过去，他要送我上船。

普洛丢斯 我陪你去码头那边，凡伦丁。

凡伦丁 不用了，好普洛丢斯，咱们告辞吧。
你要写信到米兰[1]告诉我你的
恋爱结果，以及你朋友离开
之后有关家乡的各种见闻。

---

1 米兰（Milan）：意大利北部一公国。

我也会写信给你通报音信。

普洛丢斯 祝你在米兰能够幸福平安!

凡伦丁 也祝你在家幸福平安! 好吧,再见。　　　　　　　　　下

普洛丢斯 他在追求荣誉,我在追求爱情;

他离开亲友使亲友更为光荣[1];

我抛弃自己、亲友和一切,为了爱情。

你呀,朱利娅[2],你已使我变形[3]:

使我荒废了学业,浪费了光阴。

拒绝良言相劝,认定世事无用;

因沉思而弱智,因抑郁而伤心。

史比德[4]上

史比德 普洛丢斯先生,上帝保佑! 可看到我的主人?[5]

普洛丢斯 他刚刚离开这里,乘船前往米兰。

史比德 那么十之八九,他已经上了船,

找不到他,我就成了迷途的羔羊[6]。

普洛丢斯 没错,假如牧者片刻不在,

羔羊往往就会趁机溜开。

史比德 你是说我的主人是牧者,而我是羔羊?

---

1 使亲友更为光荣(dignify them more):通过提高自身的声誉使然。

2 朱利娅(Julia):此名或源于 July,指炎热的七月,寓意满怀激情。

3 变形(metamorphosed):此处为该剧首次提及普洛丢斯的本性,即变化多端。(Norman Sanders:The New Penguin Shakespeare;下称 NS)

4 史比德(Speed):此名寓意机敏;可能是出于讥讽,因为剧中多处表明史比德行事迟缓。

5 从此页史比德上场至 16 页史比德下场:英国诗人亚历山大·蒲柏(Alexander Pope)将此部分对话视为"构思最为低劣和无聊",认为这种现象可能与莎士比亚时期的"低俗趣味"有关;某些场景也可能"被演员篡改"。(Clifford Leech:The Arden Shakespeare,Second Edition;下称 CL)

6 羔羊(sheep):与 ship(轮船)为谐音双关。

普洛丢斯　是的。

史比德　　这么说，我的角就是他的角，[1] 不管我醒着还是睡着。

普洛丢斯　好愚蠢的回答，很适合羊的身份。

史比德　　这依然证明我是羊。

普洛丢斯　没错，你的主人是牧者。

史比德　　不对，我能提出证据加以否认。

普洛丢斯　你就是换个角度我也能证明。

史比德　　是牧羊人找羊，不是羊找牧羊人；而我是在找我的主人，不
　　　　　是我的主人在找我。因此我不是羊。

普洛丢斯　羊为了草料而跟随牧羊人，但牧羊人不用为了饭菜而跟随羊；
　　　　　你为了工钱而跟随你主人，可你的主人不用为了工钱而跟随
　　　　　你。因此你是羊。

史比德　　你再举例子，我可真要叫"咩"[2] 了。

普洛丢斯　我要问你，我的信你给朱利娅了吗？[3]

史比德　　给了，先生。我，一只迷途的羊，把你的信给了她，一只卖
　　　　　春的羊[4]；她这只卖春的羊却让我这只迷途的羊白跑一趟。

普洛丢斯　这牧场太小了，可容不下这么多的羊。

史比德　　如果地方太挤，你最好把她戳死[5]。

1　既然他是我的主人，我的角自然也就属于他了（史比德可能暗示会给凡伦丁戴绿帽子）。

2　"咩"：原文 baa（咩），与 bah（呸）为同音双关。

3　普洛丢斯为何竟让凡伦丁的仆人史比德，而不让自己的仆人朗斯送信，剧中并未解释；也许
　　是怕走漏风声的缘故，因为他不想让自己的父亲知道此事（第一幕第三场）。（NS）

4　卖春的羊（laced-mutton）：（1）可指穿着网纱衣服或紧身胸衣的妓女。（JB）（2）常指妓女，
　　但有时仅指一位衣着艳丽的女人。（Barbara Mowat：Folger Shakespeare Library；下称 BM）

5　戳死：原文 stick 有"刺、戳、宰杀"之义，亦或有"淫秽"之义。（JB）（BM）此处借用梁
　　实秋先生译文中的"戳死"，以体现其中的双关语义。另外，朱生豪先生的译文将本行至下页
　　"嗨，你怎么为我忍辱负重？"之间的内容几乎全部略去，仅有 17 字译文。——译者附注

普洛丢斯	唉，这回你又迷途了：最好把你给圈住 [1]。
史比德	用不着，先生，我给你送信可不值一镑。
普洛丢斯	你弄错了，我是说兽栏——就是畜栏 [2]。
史比德	从一镑降到了几钱？就是翻上几番，都不够给你情人送信的赏钱。
普洛丢斯	她怎么说呢？
史比德	（点头）对的。
普洛丢斯	点头——对的——嗨，那就是癫头癫脑 [3]。
史比德	你误会了，先生。我是说她点头了，你问我她点没点头，我才说"对的"。
普洛丢斯	把它们连起来就是癫头癫脑。
史比德	既然你已费心把它们连了起来，那就算对你的奖赏吧。
普洛丢斯	不，不，你为我送了信，应该奖给你。
史比德	唉，我觉得我必须为你忍辱负重。
普洛丢斯	嗨，你怎么为我忍辱负重？
史比德	天哪，先生，我把信件乖乖地送到，回报只是"癫头癫脑"。
普洛丢斯	我该死，你可是才思敏捷。
史比德	可它还赶不上你迟缓的钱包。
普洛丢斯	快，快，把话匣打开，她都说啥？
史比德	把你的钱包打开，好让咱们一边交钱，一边交话。
普洛丢斯	（递过一硬币）好吧，老兄，这是你的辛苦费。她怎么说？

---

1 圈住：原文 pound 意为"将动物关进栏内"，还有"连续重击"之义，与下一行的 pound（一镑）为同音双关。

2 畜栏：原文 pinfold 意为"畜栏"。但史比德故意将该词拆开来理解，即：pin（小东西）与 fold（翻番，加倍）；同时该词还有"折叠信件"之义。

3 癫头癫脑：原文 noddy 意为傻瓜，与"点头（nod 加 ay）"读音相似。此处借用了梁实秋先生译文"癫头癫脑的傻瓜"中的"癫头癫脑"，以传达原文的双关之义。——译者附注

史比德 （看看硬币，略显轻蔑）说真的，先生，我看你很难追到她的。

普洛丢斯 为啥？你能从她身上看出这些？

史比德 先生，我从她那里看不出什么；把你的信送过去，连枚金币
的影儿都不见。我替你传情达意，她尚且这么刻薄，恐怕你
向她当面表白时，也不会有啥改观。你给她金石作信物好了，
因为她是铁石心肠。

普洛丢斯 怎么，她啥都没说？

史比德 没说，就连"给你点辛苦费"都没说。为了表明你的慷慨，
我谢谢你，你给了我六个便士[1]；为了答谢你的好意，以后你
自己去送吧。好了，先生，我会替你向我主人致意。

普洛丢斯 滚，滚，滚吧，船上若有了你， 　　　　　　　　　　史比德下
肯定不会沉没，因为你命中
已注定要在岸上被人绞死。
我必须委派一位更好的信差；
用这么一个废物送去的情书，
恐怕我的朱利娅会不屑一顾。[2] 　　　　　　　　　　　　　　下

---

1 六个便士（testern）：约等于 1/7 达克特（ducat），即史比德希望得到的金币。（NS）

2 普洛丢斯这种注重外表的思维方式与朱利娅相去甚远。（NS）

第二场 [1] / 第二景

朱利娅与露西塔 [2] 上

朱利娅　　你说，露西塔——现在也没有别人——

　　　　　　你建议我去和人家恋爱吗？

露西塔　　是的，小姐，只要你不是急不可耐。

朱利娅　　每天都有成群结队的绅士

　　　　　　前来和我攀谈，在你看来，

　　　　　　他们中间有谁最值得爱恋？

露西塔　　请重复一下名字，我将根据

　　　　　　自己粗浅的见识发表意见。

朱利娅　　你看白净的爱格勒莫 [3] 爵士怎样？

露西塔　　他倒是能言善辩、整洁文雅，

　　　　　　不过，假如我是你，肯定不选他。

朱利娅　　你对富有的莫凯西奥 [4] 怎么看？

露西塔　　他财产可观，但是人品一般。

朱利娅　　你看尊贵的普洛丢斯如何？

露西塔　　主啊，主啊！你看我多么愚拙！

1　本场活动好像转移到了朱利娅父亲的家里（参见 23 页"小姐，晚饭好了，你父亲在等候"）；
　　也许是室外（22 页"石头"、"风儿"），接近晚饭时间（20 页）。（William C. Carroll：The
　　Arden Shakespeare，Third Series；下称 WC）
2　露西塔（Lucetta）：露西（Lucy）的昵称。
3　爱格勒莫（Eglamour）：与在第五幕第一场协助西尔维娅出逃的那位爱格勒莫爵士并非一人，
　　尽管西尔维娅在第四幕第三场对他的描述跟露西塔此处的描述类似。同一名字在剧中出现两
　　次的现象属于该剧疏漏的特征之一。（NS）
4　莫凯西奥（Mercatio）：其名字表明他是一位商人（merchant）。

朱利娅	怎么了？一提他你怎的这么动情？
露西塔	原谅我，小姐！真让我无地自容：
	像我——这么一个卑贱的奴仆——
	竟对高贵的绅士评头论足。
朱利娅	为何只对普洛丢斯不作评论？
露西塔	因为：众多好男人中他最超群。
朱利娅	有何理由？
露西塔	没啥理由，只是女人的感受；
	我觉得他最好，这就是理由。
朱利娅	那你愿意我把爱献给他吗？
露西塔	愿意，你若是不想浪费爱情。
朱利娅	那为何只有他未曾向我求婚。
露西塔	所有追求者中他却最为真心。
朱利娅	他寡言少语说明情义淡薄。
露西塔	悉心看护的火苗烧得最好。[1]
朱利娅	若没有表白那就不能算真爱。
露西塔	噢，爱张扬爱情的人最没情怀。
朱利娅	但愿我知道他的心思！
露西塔	（递过一信）看看这封信吧，小姐。
朱利娅	"致朱利娅"。是谁写的？
露西塔	你看看就知道了。
朱利娅	快说，快说，谁给你的？
露西塔	凡伦丁先生的侍童，我想是普洛丢斯写的。
	他本想交给你本人，可我，碰巧遇见了他，

---

1 此句原文 Fire that's closest kept burns most of all，源于谚语 as hidden flames by force kept down are most ardent。（WC）

就以你的名义收下了。请原谅我的过错。

朱利娅 我现以贞节起誓，好一个媒婆！
你竟敢擅自收受下流的情书？
与人家密谋来败坏我的芳名？
相信我，这可是了不起的职位，
对你来说这种职位恰如其分。
得啦，把信拿去，物归原主，
否则你就再也别来见我。

露西塔 帮人求爱，没有报酬反遭憎恨。

朱利娅 你还不滚开？

露西塔 正好你可以反思。　　　　　　　　　　下

朱利娅 可我真希望自己已把信看过；
把她叫回来，求她再犯一次
我责备过的错误，真不好意思。
她也太傻，明知我是个姑娘，
怎么不把信塞给我看一看呢！
因为害羞的姑娘尽管说"不"，
心里却希望对方理解为"是"。
呸，呸！这种痴情多么任性，
——像个暴躁的婴孩——抓挠乳母，
可一经责罚，立刻便俯首帖耳！
我如此粗暴地把露西塔撵走，
实际上却想让她待在这里！
我是多么愤怒地双眉紧皱，
内在的喜悦却使我心花怒放！
我的悔过就是叫露西塔回来，
求她原谅我刚才所做的愚行。

　　　　喂！露西塔！

露西塔上

露西塔　　小姐您有啥吩咐？

朱利娅　　快到晚饭时间了吗？

露西塔　　但愿到了，

　　　　　　好让你的胃气撒在肉上 [1]，

　　　　　　而不是奴仆身上。（丢下一信，接着捡起）

朱利娅　　你小心翼翼捡起来的是啥？

露西塔　　没啥。

朱利娅　　那你为啥要弯腰？

露西塔　　把我刚才掉落的信捡了起来。

朱利娅　　难道信不是啥吗？

露西塔　　它跟我无关。

朱利娅　　那就让它躺着，留给相关的人呗。

露西塔　　小姐，关切的地方，它不会撒谎 [2]，

　　　　　　除非它的读者不可信赖。

朱利娅　　是你的情人给你写的押韵诗吧。

露西塔　　您定个调，小姐，也许我会唱呢，

　　　　　　给我谱上曲吧：小姐您会谱写——

朱利娅　　这些个琐碎的事情不配谱写，

　　　　　　最好按照《薄情女》[3] 的调子唱吧。

1　胃气撒在肉上：原文 kill your stomach on your meat 本为语义双关，即"满足胃口"和"平
　　息怒气"。（JB）参照梁实秋先生的译文"你的胃火就可以发在肉上"。——译者附注

2　撒谎（lie）：与上一行的"躺着（lie）"，系同音双关。

3　《薄情女》：原文 Light o'love，当时流行的一首歌曲，莎士比亚在《无事生非》（Much Ado
　　about Nothing）第三幕第四场中也提及此曲。（NS）该曲调会令人联想起普洛丢斯（薄情郎），
　　颇具反讽意味。（CL）

露西塔	太沉重，不适用这么轻薄的曲调。
朱利娅	沉重？也许负载着低沉的副歌[1]？
露西塔	是的，要是你来唱，肯定很动听。
朱利娅	你怎么不唱？
露西塔	我攀不了那么高。[2]
朱利娅	（接过信）我看看你的情歌。
	怎么，贱货！
露西塔	你可不要变调，就那样唱完。
	这个调子我可不怎么喜欢。
朱利娅	你不喜欢？
露西塔	是的，小姐，有些太尖[3]。
朱利娅	你这贱货，太过轻佻。
露西塔	不，是你调子太平，
	用难听的伴唱破坏了和谐，
	你需要一位高音[4]插入其中。
朱利娅	高音被你放肆的低音淹没了。[5]
露西塔	是的，我自作多情，想代普洛丢斯。
朱利娅	别再用这种胡言乱语烦扰我。
	这只是对爱的表白小题大做！（撕信）

1 副歌：原文 burden 有两层含义：（1）负担；（2）副歌、叠歌。（NS）
2 此句有两层含义：（1）超出了我的音域范围；（2）普洛丢斯的社会地位太高，对于像我这样的女仆高不可攀。（NS）
3 尖（sharp）：露西塔在继续玩弄文字游戏。该词有两层含义：（1）指乐谱；（2）指朱利娅在舞台上的某些表演动作，如掌击、拧捏露西塔好让她把信件交出。（NS）
4 高音：原文 mean 可指"中庸、居中"，即调子既不太尖，也不太平；也可指男高音。（CL）露西塔此处显然是指普洛丢斯。另外，该词也可能会与 man（男人）构成谐音双关。（NS）
5 从上一页露西塔说"您定个调"至本行之间所涉及的双关语均以当时的音乐术语为依据。请参看上文具体注释。（NS）

	出去，快出去，纸片就丢在这里 [1]。
	你只会翻弄它们惹我生气。
露西塔	她假装漠不关心，然而再来
	一封让她生气她才最为高兴。
朱利娅	不，但愿信能复原，好让我假怒。[2]

（右侧：下）

朱利娅 不，但愿信能复原，好让我假怒。[2]

噢，可恨的爪子，竟撕碎情书；[3]

你这无耻的黄蜂 [4]，吮吸了甜蜜，

随后再把酿蜜的蜜蜂害死！

为了悔过，我要亲吻每片碎纸。

（↓察看纸片↓）你看，这里写着"善良的朱利娅"。

刻薄的朱利娅，要报复你的薄情，

把你的名字投向尖硬的石头，

我让你遭受践踏、遭受鄙视。

这里写着"为爱负伤的普洛丢斯"。

可怜的受伤名字：我要把你

放在我的心窝，直到你能痊愈，

用奇妙的亲吻把你的伤口抚慰。

"普洛丢斯"在此出现了两三次。

风儿，慢点吹，一个字也不能吹走，

直到我把全部字词在信中找到，

除了我的名字：让旋风将它

吹向那嶙峋恐怖的悬崖峭壁，

---

1 露西塔也许想将纸片捡起（翻弄它们），而朱利娅不想让她看信。（WC）
2 朱利娅对自己将那封信撕碎深感懊悔。（NS）
3 很显然，朱利娅此时将撕碎的信纸捡起，并通过自己的独白予以评判。（WC）
4 黄蜂（wasps）：指自己的手指。

然后再把它抛入汹涌的大海。
你看，他的名字一行中出现两次：
"可怜的普洛丢斯，痴情的普洛丢斯，
致可爱的朱利娅"。我要把它撕去；
可又不想撕，因为他将我与哀怨的
普洛丢斯如此巧妙地合在一起。
我这样一折，让它们上下合一；
你们亲吧，抱吧，斗吧，率性而为吧。

露西塔上

露西塔　小姐，晚饭好了，你父亲在等候。

朱利娅　好吧，咱们走。

露西塔　唉，让纸片留在地上好泄密吗？

朱利娅　你若重视它们，最好捡起来吧。

露西塔　不，我刚才还因丢下它们挨骂。
　　　　可它们不能躺在这里，恐怕受凉。（捡起纸片）

朱利娅　我看你对它们倒挺感兴趣。

露西塔　是的，小姐，你也许会看到很多；
　　　　我也会的，尽管你以为我是瞎子。

朱利娅　得啦，得啦！咱们走吧?　　　　　　　　　　　同下

第三场 [1]   /   第三景

安东尼奥与潘西诺上

安东尼奥　　告诉我，潘西诺，你在走廊里
　　　　　　　跟我兄弟谈了什么正经事儿？

潘西诺　　　关于他侄子，普洛丢斯，您的儿。

安东尼奥　　为啥？谈他什么？

潘西诺　　　他感到不解的是老爷您为何
　　　　　　　会让他在家消磨青春年华，
　　　　　　　而其他人家，尽管名望逊色，
　　　　　　　却把子弟送出去寻找机遇：
　　　　　　　有的走向战场去碰碰运气，
　　　　　　　有的前去探索远方的岛屿，
　　　　　　　有的进了大学去勤学苦练。[2]
　　　　　　　他说就上述各种行动而言，
　　　　　　　您的儿子普洛丢斯都很适宜，
　　　　　　　他还郑重地请我加以督促，
　　　　　　　叫您别让他继续待在家里，
　　　　　　　因为年轻时没有外出旅行 [3]，

1　本场的地点应为普洛丢斯的父亲安东尼奥的家中，或是一个供大家会面或办事的公共场所。
　（WC）

2　当时年轻人晋升的主要方式：从军、探险、求学。注意上述三行中的首语重复法（anaphora）。
　（WC）

3　外出旅行（travel）：参见培根《论旅行》（Of Travel）："旅行，对年轻人来说，是一种教育；对年长者来说，是一种经历"。（WC）

成年后将会对他有害无益。

安东尼奥　这件事情不用你怎么催促，

这个月我一直在就此沉思。

我很清楚他正在光阴虚度，

若不在世上经受考验和训导，

这样下去他不可能完美无缺。

因为经验要通过勤勉而获取，

要在时间的长河中得以完善。

告诉我，最好把他送往哪里？

潘西诺　我在想，老爷您不会不知道，

他的一位伙伴，年轻的凡伦丁，

目前正在皇帝[1]的宫中当差。

安东尼奥　我知道这事儿。

潘西诺　我想您把他送到那里会很好。

那里能练习马上比枪和比武，[2]

倾听雅言高论，能与贵人交流，

可以目睹各种各样的活动，

完全适宜他的青春和出身。

安东尼奥　我喜欢你的劝告，你说得很对。

我对你的主意是如何地赞赏，

将由我的具体行动予以展示。

我将会采用最为快捷的速度，

将他派遣到皇帝的宫廷之中。

1　皇帝（emperor）：即米兰公爵。在剧中有人称其为皇帝，有人称其为公爵。

2　马上比枪和比武（tilts and tournaments）：前者在两个骑士之间进行，后者在两队骑士之间进行。（Warwick Bond：The Arden Shakespeare，First Edition；下称 WB）

潘西诺　　明天，若老爷您高兴，阿尔方索，
　　　　　　与其他几位德高望重的人一起，
　　　　　　将会启程前去向皇帝致意，
　　　　　　并听从皇帝陛下的随意差遣。

安东尼奥　好旅伴，普洛丢斯将与他们同行。

普洛丢斯读信上

　　　　　　来得正好！这就向他讲明此事。

普洛丢斯　甜蜜爱情，甜蜜诗行，甜蜜人生！
　　　　　　这是她的亲笔，真心之流露；
　　　　　　这是她的誓言，忠贞之保证。
　　　　　　噢，愿我们的父亲赞成我们恋爱，
　　　　　　以便能让我们两人美满幸福。
　　　　　　噢，天仙般的朱利娅！

安东尼奥　怎么回事？你在读什么信件？

普洛丢斯　禀报父亲大人，这只是凡伦丁
　　　　　　写来的一封三言两语的问候，
　　　　　　由他那里来的一位朋友捎来。[1]

安东尼奥　让我看看信，看看有啥消息。

普洛丢斯　没啥消息，父亲，他只是在说
　　　　　　他的生活是多么愉快，每天
　　　　　　都会得到皇帝的喜爱和优待，
　　　　　　希望我能一起，与他共享幸遇。

安东尼奥　那你对他的愿望意向如何？

普洛丢斯　这要看父亲大人您的意愿，
　　　　　　而不是看朋友凡伦丁的愿望。

1　普洛丢斯就朱利娅的信件向父亲撒谎可以理解，但结果却事与愿违。（WC）

安东尼奥　　我的意愿跟凡伦丁颇为一致。
　　　　　　我这样突然决定你不必吃惊，
　　　　　　因为我想怎么样，就会怎么样。
　　　　　　我已决定你将与凡伦丁一起
　　　　　　在皇帝的宫中度过一些时日；
　　　　　　他从亲友那里得到多少费用，
　　　　　　我也会为你提供多少费用。
　　　　　　明天你就做好启程的准备，
　　　　　　不要推托，因为我已作了决定。

普洛丢斯　　父亲，我无法这么快准备就绪，
　　　　　　请您考虑再延缓一日两日。

安东尼奥　　你所需要的物品将随后寄送。
　　　　　　别再提拖延，明天你必须动身。
　　　　　　快，潘西诺，你也要行动起来，
　　　　　　以便督促他能够快速启程。　　　　　　　　安东尼奥与潘西诺下

普洛丢斯　　就这样因怕烧身躲过了烈火，
　　　　　　反而跳进了大海惨遭灭顶。
　　　　　　不敢向父亲展示朱利娅的信函，
　　　　　　生怕他反对我跟朱利娅恋爱，
　　　　　　而我加以推托的好处却是，
　　　　　　他对我的恋爱设置了极大障碍。
　　　　　　噢，这种爱情的萌动多么像
　　　　　　绚丽多彩、变化无常的四月天，
　　　　　　此时此刻到处是阳光明媚，
　　　　　　顷刻之间便会被乌云遮掩。

潘西诺上

潘西诺　　　普洛丢斯先生，您父亲在叫您：

　　　　　　他很急迫，因此我请您快去。

普洛丢斯　唉，实情是：我心里答应去那里，

　　　　　　而它的回答却是一千个"不愿意"。[1]　　　　　　　　同下

1　莎士比亚在本场展示了普洛丢斯的无常本性：首先他未向父亲公开自己与朱利娅的恋情；其次他此处表现得心神不定，不知是倾向于朱利娅，还是倾向于"皇帝的宫廷"。（CL）

第二幕

第一场 / 第四景

米兰

凡伦丁与史比德上

史比德　　先生，您的手套。

凡伦丁　　不是我的，我的手套在手上。

史比德　　哎呀，也许是您的，因为只有一只。

凡伦丁　　哈！让我看看，给我，就是我的。

　　　　　　可爱的点缀使物品变得神奇。

　　　　　　啊，西尔维娅[1]，西尔维娅！

史比德　　（呼唤）西尔维娅小姐！西尔维娅小姐！

凡伦丁　　怎么了，老兄？

史比德　　她离您很远，听不见，先生。

凡伦丁　　咳，老兄，谁让你喊她了？

史比德　　阁下您，先生，否则我弄错了。

凡伦丁　　唉，你总是那么鲁莽。

史比德　　可上一次您却骂我太慢。

凡伦丁　　得啦，老兄，告诉我，你认识西尔维娅小姐吗？

史比德　　阁下您所爱上的那位？

凡伦丁　　嗨，你怎么知道我在恋爱？

史比德　　真是的，根据这些特殊的迹象呗：首先，您像普洛丢斯先生

1　西尔维娅（Silvia）：源于拉丁语的 *silva*，意为"森林"；也指林地女神或精灵。

　　　　　一样，学会了双臂紧抱[1]，好像不满现状似的；哼唱情歌，好像一只知更鸟似的[2]；独自徘徊，好像患了瘟疫似的[3]；唉声叹气，好像小学生丢了识字课本似的；哭哭啼啼，好像一位村姑刚刚为祖母送了丧似的；茶饭不思，好像是在节食似的；整夜不睡，好像是在担心会有盗贼似的；说起话来带有哭腔，好像是万圣节的乞丐似的[4]。可您从前笑起来，犹如雄鸡啼鸣，走起路来，犹如一头雄狮；您茶饭不思时，是刚刚吃过晚饭；您面带愁容时，是因为已经缺钱。可现在您却让情人给弄得判若两人，我看见您，几乎不敢相信您就是我的主人。[5]

凡伦丁　你能在我身上看出这一切？

史比德　从您的外表[6]可看出一切。

凡伦丁　我不在场？那不可能。

史比德　您的外表？那是当然；因为您要不是那么愚钝，没人能看出。然而您是如此愚钝，即便是没有这些愚蠢的外表，您内在的愚蠢也会显露无遗，就像玻璃瓶里待检的尿液，凡是能看见这些迹象的人，都会像大夫一样判断您的病症[7]。

凡伦丁　你告诉我，你可认识我的西尔维娅小姐？

史比德　就是她吃饭时你盯着看的那位？

1　该姿势常跟抑郁寡欢者相关。（NS）

2　没有明显的理由说明知更鸟与情歌有关。此处或想表明凡伦丁就像冬天的知更鸟一样，形影孤单，抑郁寡欢。（NS）

3　人们会因害怕传染而躲避患者。

4　传说乞丐在万圣节当天（11 月 1 日）会加倍乞求别人的施舍。

5　史比德这段话是在挖苦恋爱者的特征。参见第一幕第一场凡伦丁对普洛丢斯的挖苦。（NS）

6　外表：原文中的 without ye 意为"外在的表象及行为"；但该短语通常指"不在场"，也就是下一行凡伦丁所理解的意思。（BM）

7　病症（malady）：史比德的这种观点在当时颇为流行——恋爱被视为一种疾病；普洛丢斯在提及自己"患病（sick）"时，也有同样的表述（第二幕第四场）。（CL）

凡伦丁　　那你都看到了？我说的就是她。

史比德　　嗨，先生，我不认识她。

凡伦丁　　你知道我盯着看的是她，但你不认识她吗？

史比德　　她长得不是很难看吗，先生？

凡伦丁　　与其说漂亮，伙计，不如说可爱。

史比德　　这一点我很清楚，先生。

凡伦丁　　你清楚什么？

史比德　　她长得不怎么漂亮，可你就是爱她。

凡伦丁　　我是说她的美貌非凡，但是她的魅力无限。

史比德　　因为前者可以涂脂抹粉，而后者无法估算。

凡伦丁　　怎么涂脂抹粉？怎么无法估算？

史比德　　嗨，先生，她浓妆艳抹以显得漂亮，结果没人看重她的美了。

凡伦丁　　那你不考虑我的观点吗？我认为她很美。

史比德　　她的真相已在你眼里扭曲。

凡伦丁　　她已扭曲了多久？

史比德　　自从你爱上她以后。[1]

凡伦丁　　我对她简直是一见钟情，我依然觉得她很美。

史比德　　你要是爱她，你就看不见她。

凡伦丁　　为什么？

史比德　　因为爱情是盲目的。噢，愿你能有我的眼睛，或者你自己的
　　　　　眼睛能像你责备普洛丢斯先生忘系袜带[2]时那样明亮！

凡伦丁　　我应该看些啥呢？

史比德　　你目前的愚蠢和她出奇的扭曲。因为他，一旦恋爱，就忘了

1　凡伦丁的爱已使西尔维娅扭曲（deformed），因为她实际上并不像凡伦丁所认为的那样美丽。
　　（WC）

2　忘系袜带（going ungartered）：男子害相思病的症状之一。（NS）

系上自己的袜带，而你，一旦恋爱，就连袜子都顾不上穿了。

凡伦丁 也许吧，伙计，那么你也在恋爱，因为昨天早上你都忘了给我擦鞋。

史比德 不错，先生，我在与我的床恋爱。谢谢你，因为我的恋床你还揍我一顿，所以我现在才敢责备你恋爱。

凡伦丁 总而言之，我一直都挺爱她。[1]

史比德 我希望你能消挺，好让你的爱情歇息。

凡伦丁 昨晚她吩咐我给她所爱的一个人写几行情诗。

史比德 你写了吗？

凡伦丁 我写了。

史比德 写得不是很蹩脚吧？

凡伦丁 不蹩脚，伙计。我尽了最大努力。安静！她来了。

史比德 （旁白）啊，多棒的木偶戏！啊，非凡的木偶[2]！现在他要为她配音[3]。

西尔维娅上

凡伦丁 小姐和女主人，一千个早安。

史比德 （旁白）唉，愿上帝给你们晚安：这也太客气了吧。

西尔维娅 凡伦丁先生和仆人[4]，祝你两千个早安。

---

1 一直都挺爱她：原文 stand affected to her 意为"爱着她"；然而 stand 亦有"勃起"之义，也就是史比德接下来所要表达的意思，即 I would you were set（希望你能够消挺），以便能让其主人减轻相思之苦。其中 set 一词既可指 seated（落座），也可指 put down（垂下，消挺）（NS）。此处译为"消挺（停）"，希望能传达原文的些许双关之义。——译者附注

2 西尔维娅成了凡伦丁的木偶，因为她在用他解说她对他的爱情。（WC）

3 木偶剧演员不仅要操纵剧中的木偶，同时还要为剧中的行动提供解说，即"配音"。（NS）

4 仆人（servant）：宫廷谈情说爱的习惯用语之一，用以称谓服侍小姐的男子，但该小姐尚未将其视为情人。（NS）

史比德　　（旁白）他应给她付息，她倒给他付了。[1]

凡伦丁　　按照您的吩咐，我已为您那位

　　　　　匿名的情人写好了一封信函；

　　　　　若不是为了给小姐您效劳，

　　　　　做这种事情我真是很不情愿。（递给她一信）

西尔维亚　谢谢你，温存的仆人。你写得很好。

凡伦丁　　相信我，小姐，这封信相当难写：

　　　　　因为不清楚信是写给谁的，

　　　　　我只能含糊其辞，随便写写。

西尔维亚　也许你觉得这是小题大做？

凡伦丁　　不，小姐，若对您有益，我还会写的——

　　　　　您尽管吩咐——一千次也在所不辞。

　　　　　不过——

西尔维娅　圆满的句号！好吧，我猜猜下文，

　　　　　不过我不想说明；不过我不关心。

　　　　　（递信给他）不过这信你拿回。不过我谢谢你，

　　　　　意思是从今以后不再麻烦你了。

史比德　　（旁白）不过你还会的，不过再一次"不过"[2]。

凡伦丁　　小姐您是何意？您不喜欢它吗？

西尔维娅　喜欢，喜欢，这信写得非常巧妙，

　　　　　然而，既然很不情愿，就拿回去吧。（再次递信给他）

　　　　　不，你拿去。

1　此句原文 He should give her interest, and she gives it him，其中 interest 一词语义双关，即：作为恋人，凡伦丁应对西尔维娅颇感兴趣；而她（西尔维娅）对凡伦丁的问候数量翻倍，从而向他支付了利息。(JB)，(BM)

2　不过（yet）：该词的重复无疑会伴有停顿，或是强调，此处通过模仿凡伦丁的支支吾吾以取笑。(WC)

凡伦丁	小姐，信是写给您的。
西尔维娅	是的，是的，是我请你写的，先生，
	可我一封也不想要。信是给你的，
	希望你能把信写得再动情一些。
凡伦丁	若小姐乐意，我为您再写一封。
西尔维娅	你写完之后，要为我读上一遍，
	你若满意，很好；若不满意，也罢。
凡伦丁	如果我很满意，小姐，那又怎样？
西尔维娅	唉，你若满意，就当作对你的酬劳；
	好了，再见吧，仆人。 下
史比德	（旁白）啊，这玩笑不易看穿，简直是个谜，
	就像脸上的鼻子[1]，塔尖上的风信鸡[2]！
	我主人追求她，她却教导追求者，
	本是她的学生，却变成她的督学。
	啊，多棒的策略！谁听说过更好的？
	我的主人他，作为代言人，
	居然会写出信件给自己？
凡伦丁	怎么了，伙计？你是在跟自己理论吗？
史比德	不是，我在作诗；你才有理由做呢。
凡伦丁	有理由做啥？
史比德	做西尔维娅小姐的代言人。
凡伦丁	给谁？

---

1 就像脸上的鼻子（a nose on a man's face）：源自斯特凡诺·瓜佐（Stefano Guazzo）的《人文交谈》（Civile Conversation, 1586）："迟钝的灵魂看不到自身的转变，或者说是蜕变，正像人们脸上的鼻子不易被看见一般。"（WB）

2 风信鸡（weathercock）：一种小公鸡形状的风向标。——译者附注

史比德　　给你自己。嗨，她通过计策向你示爱。

凡伦丁　　什么计策？

史比德　　通过信件，我敢说。

凡伦丁　　嗨，她又没写信给我？

史比德　　她既然让你写给你自己，还用亲自写吗？嗨，你还没明白这
　　　　　玩笑？

凡伦丁　　没有，相信我。

史比德　　相信你确实没有，先生。你没看出她很认真[1]？

凡伦丁　　她啥都没给我，除了一句气话。

史比德　　嗨，她给了你一封信吧。

凡伦丁　　那是我写给她的情人的。

史比德　　那封信她已递交，已经没啥可说。

凡伦丁　　但愿不会有错。

史比德　　我向你保证，情况就是这样：
　　　　　因为你常常写信给她，她，出于谨慎，
　　　　　或是因为没有闲暇，不能给你回信，
　　　　　或是害怕哪位信差泄露了她的心意，
　　　　　于是便教导她的情人写信给他自己。[2]
　　　　　我说的这些千真万确，白纸黑字。
　　　　　你为啥出神，先生？该吃晚饭了。

凡伦丁　　我已吃饱。[3]

1　看出她很认真：原文 perceive her earnest 本有两层意思：（1）看出她很认真；（2）看到她交付
　的定金（信物），即凡伦丁在下文所理解的意思。（NS）（BM）
2　此前四行：这四行韵诗每行原有七个音步、十四个音节。（WC）译文也相应增加了字数和顿
　数。——译者附注
3　凡伦丁已对西尔维娅的秀色饱餐一顿。

史比德　　是的，可你听我说，先生：尽管变色龙爱情能以空气为生，[1]
　　　　　　我可是靠食物养活的那种，而且很想吃肉。啊，别像你的小
　　　　　　姐那样：体谅我吧，体谅我吧！[2]　　　　　　　　同下

第二场　/　第五景

维洛那

普洛丢斯与朱利娅上

普洛丢斯　要耐心，温情的朱利娅。

朱利娅　　没有办法，我只好忍耐。

普洛丢斯　若有可能，我自会回来。

朱利娅　　只要你的心不变，很快会返还。

　　　　　　为了你的朱利娅，收下这个吧。（递过一戒指）

普洛丢斯　对了，咱们交换一下，你拿上这个。（递过一戒指）

朱利娅　　咱们用圣洁的一吻确认婚约。（他们亲吻）

普洛丢斯　我跟你握手以表忠贞不渝：[3]

　　　　　　若有哪天的某个时辰我不曾

　　　　　　为了你朱利娅而唉声叹气，

　　　　　　就让某些天灾人祸在随后的

　　　　　　时辰惩罚我的薄情和忘记。

1　人们普遍相信变色龙以空气为生；爱情常因其反复无常而被称为变色龙。（NS），（JB）
2　原文 be moved 有两层意思：(1) 体谅我吧；(2) 去吃晚饭吧。
3　尽管没有证人在场，普洛丢斯与朱利娅正在履行订婚仪式，双方握手并亲吻定情。（NS）

我父亲正在等待；你不用回答，

现在正涨潮；不，不是你的泪潮，

你的泪潮会使我停留得太久。

朱利娅，再会。怎么，不辞而别？　　　　　　　朱利娅下

是的，真爱本应如此：无法言表，[1]

真情最好饰以行动，而不是言词。

潘西诺上

潘西诺　　普洛丢斯先生，大家在等你。

普洛丢斯　　去吧，我就来，我就来。

唉，离别使可怜的情人有口难开。　　　　　　　同下

第三场　 / 　第六景

朗斯[2] 牵着狗克来勃上

朗斯　　唉，我哭了该有一个钟头了吧：我们朗斯全家都有这种毛病。
我就像那位才子[3]一样，也继承了一份，现在我要跟着普洛丢
斯先生到皇宫里去。我想，克来勃，我的狗，该是世上最尖

1　普洛丢斯此处所言与随后的不忠颇具讽刺意味。（NS）

2　朗斯：原文 Lance，为 Lancelot 的缩写形式；此名亦或源于古法语的 l'ancelot，意为"侍从"。

3　才子（prodigious son）：实为荒唐的用词错误，将 prodigal son（浪子）说成 prodigious son
（才子）。其实是在暗指《圣经》寓言中的那位浪子（《路加福音》第十五章，11 至 32 节）。
其开头为："父亲，请把属于我的那份财产分给我吧。于是父亲便把自己的财产分给了他们。"
（JB），（BM）

酸的¹ 狗了。我母亲在流泪，我父亲在号啕，我妹妹在哭泣，女仆在哀号，小猫它在抓挠，全家上下乱作一团，而这只无情的狗连一滴泪都没掉；铁石心肠，他简直是一块石头，同情心跟一条狗一样。犹太人见了我们的离别都会落泪。² 嗨，我的奶奶，双目失明，你看，她告别时都哭瞎了眼睛。我来展示那种情景。这只鞋是我父亲。不，左边这只是父亲，不对，左边这只是母亲。³ 不，那也不对。对，是这样，是这样：它底子更糟⁴。带洞的⁵ 这一只是母亲，这一只是父亲。该死的，可把你脱掉了。嗳，先生，这棍棒是我妹妹，你看，她白得就像百合花，瘦得像棍子。这顶帽子是女仆。我是狗；不，狗才是他自己，我是狗。啊，狗是我，我是我。是的，是的。现在我就走向父亲。父亲，请您为我祝福；这只鞋该是泣不成声。现在我该亲亲父亲；哎哟，他还在哭。我现在走向母亲。啊，愿她像疯女人那样开口！好，我吻她，嗨，脱掉了；这正是我母亲的气味。现在我再走向妹妹；请注意她的呻吟声⁶。而在此期间这只狗却没掉一滴泪，没说一句话；你看我的泪水都打湿了土地。

潘西诺上

潘西诺　朗斯，快走，快走，上船去！你的主人已上船，你赶快坐上

1　最尖酸的（sourest-natured）：狗克来勃的名称原文 crab 与一种酸苹果（crab-apple）有关，意为"尖酸，刻薄"。（BM）

2　源于谚语 It would make a Jew rue（犹太人都会感到怜悯）。该谚语表明莎士比亚时期的反犹太主义非常盛行。（BM）

3　朗斯是在用自己的鞋子代表父母。

4　底子：原文 sole 可指鞋底；亦可与 soul（心灵）构成谐音双关（当时人们认为女人的心灵要逊于男人的心灵）。

5　带洞的：原文 hole 亦可指女人的阴道。（JB），（NS）

6　呻吟声（the moan）：朗斯此时可能会在空中嗖嗖地挥动棍棒。（NS）

划艇去上船。怎么了？你哭啥，老兄？快走，蠢驴，你要是再耽搁，就会错过潮汐。

朗斯	拴着的狗东西[1]就是丢了也没有关系，因为它是人们所能拴住的最无情的东西。
潘西诺	什么最无情的潮汐？
朗斯	嗨，就是拴在这里的克来勃，我的狗。
潘西诺	噫，伙计，我是说你会失去海潮，失去了潮汐，你就会失去航程，失去航程，就会失去主人，失去主人，就会失去差使，失去差使（朗斯示意其闭嘴）——你为啥让我闭嘴？
朗斯	因为我怕你失言。
潘西诺	我会在哪里失言？
朗斯	在你言谈[2]里。
潘西诺	在你尾巴里！
朗斯	失去潮汐，失去航程，失去主人，失去差使，还失去狗！嗨，伙计，如果河干了，我能用泪水把它灌满；如果风停了，我能用我的叹气驶船。
潘西诺	快，快走吧，伙计。我是奉命来叫你的。
朗斯	老兄，你叫我啥都行。
潘西诺	还不走吗？
朗斯	走，这就走。 同下

---

1 拴着的狗东西：原文 the tied（指朗斯的狗克来勃）与潘西诺回话中的 tide（潮汐）谐音双关。

2 言谈：原文 tale，与下句台词里的 tail（尾巴）谐音。——译者附注

第四场 / 第七景

米兰

凡伦丁、西尔维娅、图里奥[1]与史比德上

西尔维娅 仆人！

凡伦丁 主人？

史比德 少爷，图里奥爵士对您怒目而视[2]。

凡伦丁 是的，伙计，那是为了爱。

史比德 不是爱您。

凡伦丁 那就是爱我的主人。

史比德 您应该揍他一顿。 下

西尔维娅 仆人，你很忧伤。

凡伦丁 是的，小姐，好像是的。

图里奥 你是在装模作样吧？

凡伦丁 也许是的。

图里奥 骗子就是这样。

凡伦丁 你也是这样。

图里奥 那我假装啥了？

凡伦丁 聪明。

图里奥 你有什么具体反证？

凡伦丁 你的愚蠢。

图里奥 你怎么能看出我的愚蠢？

---

1 图里奥（Turio）：此名源于拉丁语，意为"小枝，嫩枝"；或有性格不够成熟之暗示。
2 可能是因为图里奥心生嫉妒，因为西尔维娅在跟凡伦丁说话，而未理他。（WC）

凡伦丁　　我根据你的夹克衣。

图里奥　　我的夹克衣是件紧身上衣。[1]

凡伦丁　　那正好，可使你的愚蠢翻倍[2]。

图里奥　　什么？

西尔维娅　怎么，生气了，图里奥爵士？你都变色了？

凡伦丁　　原谅他，小姐，他是一只变色龙。

图里奥　　它宁愿喝你的血，也不想吃你的气[3]。

凡伦丁　　你说得好，先生。

图里奥　　是的，先生，这一次，还做得到。

凡伦丁　　我很清楚，先生，你总会半途而废。

西尔维娅　真是唇枪舌剑，绅士们，万弹齐发。

凡伦丁　　没错，小姐，我们感谢向导[4]。

西尔维娅　那是谁呀，仆人？

凡伦丁　　您呀，可爱的小姐，是您点的火。图里奥爵士向您的美貌借得了口才，自然会在您面前卖弄一番。

图里奥　　先生，如果你要和我费一番口舌，我会让你的口才破产。

凡伦丁　　我很清楚，先生，你拥有一座语言宝库，我想，除此之外再没有什么财产付给你的随从，因为他们破旧的衣衫表明他们依赖你的空话为生。

西尔维娅　好了，绅士们，好了。我父亲来了。

公爵上

1　"夹克衣（jerkin）"和"紧身上衣（doublet）"均为伊丽莎白时代的衣服，其中夹克衣为穿在紧身上衣之外较长的夹克，或代替紧身上衣。紧身上衣是一种较短而宽松的外套。（NS）

2　翻倍（double it）：与上文的 doublet 构成谐音双关。（NS）

3　吃你的气（live in your air）：参见第二幕第一场末尾史德比德的台词。（BM）

4　向导（giver）：指导弓箭手或炮手瞄准目标者。（NS）

公爵　　嗳，西尔维娅女儿，你被重重包围[1]。

　　　　凡伦丁先生，你的父亲身体健康；

　　　　你的朋友带来了许多佳音，

　　　　你觉得怎样？

凡伦丁　我的殿下，对每位带来佳音的

　　　　使者，我都会感激。

公爵　　认识你的同乡安东尼奥先生吗？

凡伦丁　是的，好殿下，我认识那位绅士，

　　　　他家产殷实并且令人敬重，

　　　　他有这么好的声望，名副其实。

公爵　　他是否有个儿子？

凡伦丁　是的，我的好殿下，完全配得上

　　　　这样一位父亲的声望和器重。

公爵　　你很了解他吗？

凡伦丁　我了解他就像我了解自己，

　　　　我们从小一起谈心、一起长大，

　　　　尽管我自己曾经是游手好闲，

　　　　未能利用自己的青春年华

　　　　将我点缀成天使一般完美，

　　　　而普洛丢斯先生——那是他的名字——

　　　　却充分利用了他的大好时光：

　　　　尽管年纪轻轻，却是经验丰富，

　　　　尽管涉世未深，但是见解成熟，

　　　　总而言之——我的这些溢美之词

　　　　远不能表达他的诸多长处——

1　重重包围（hard beset）：（被求婚者）团团围住。（WC）

	他可是才貌双全、完美无缺，
	一位绅士的优点他一应俱全。
公爵	哎哟，先生，他若是如此之好，
	那就配得上一位皇后的爱恋，
	适合充任一位皇帝的顾问。
	好了，先生，这位绅士已带着
	位高权重者的举荐来到这里，
	他打算在此度过一段时光：
	我想这种消息你可能爱听。
凡伦丁	假如我有啥期盼，那就是他了。
公爵	那就按照他的优点欢迎他吧。
	西尔维娅，你听好了，还有你，图里奥，
	至于凡伦丁，不用就此敦促他。
	我立即派人叫他来见你们。　　　　　　　　　下
凡伦丁	我向小姐提及的就是这位绅士，
	若不是他情人那晶莹的目光
	将其双眼锁住，便会与我同行。
西尔维娅	既然她已将他的双眼释放，
	也许有利于它们移情别恋。
凡伦丁	不可能，我想她还囚禁着它们。
西尔维娅	那他就会双目失明，如果失明，
	他又怎能远道而来到此找你？
凡伦丁	嗨，小姐，爱神拥有二十双眼睛。
图里奥	据说爱情连一只眼睛也没有。
凡伦丁	若是看一位相貌平平的情人，
	就像图里奥你，爱神无需睁眼。
西尔维娅	好了，好了：这位绅士已经来了。　　　图里奥可下

普洛丢斯上

凡伦丁　欢迎，亲爱的普洛丢斯！主人，我求您，
　　　　要用特殊的款待对他表示欢迎。

西尔维娅　他的优点可保证他会受欢迎，
　　　　若他是你常想听到音信的那位。

凡伦丁　主人，正是。亲爱的小姐，请您
　　　　接受他与我一起做您的仆人。

西尔维娅　这卑贱主人不配这么高贵仆人。

普洛丢斯　不，亲爱的小姐，我这卑贱奴仆
　　　　不配您这位高贵主人的一顾。

凡伦丁　请你们都别再自惭形秽了。
　　　　好小姐，接受他做您的仆人吧。

普洛丢斯　能为您效劳，我很荣幸，别无他求。

西尔维娅　尽心尽责总是少不了报偿。
　　　　仆人，欢迎你侍奉卑贱的主人。

普洛丢斯　除了您，谁这样说我就跟谁拼命。

西尔维娅　说欢迎你？

普洛丢斯　说您卑贱。

图里奥上，或一仆人上并对图里奥耳语

图里奥　小姐，您的父亲殿下，要和您说话。

西尔维娅　我会遵命的。来吧，图里奥爵士，
　　　　跟我走吧。再说一遍，新仆人，欢迎。
　　　　我让你们谈一谈家乡的事情；
　　　　你们谈完之后，再跟我们交流。

普洛丢斯　我们两人都很愿意侍奉小姐。　　　　西尔维娅与图里奥下

凡伦丁　嗳，告诉我：家乡的一切还好吗？

普洛丢斯　你的亲友很好并向你致意。

凡伦丁　　你的亲友呢？

普洛丢斯　他们也都很好。

凡伦丁　　你的小姐怎样？你们的爱情如何？

普洛丢斯　我的恋爱故事向来让你厌倦，
　　　　　我知道你不会喜欢谈及爱情。

凡伦丁　　不，普洛丢斯，情况已完全不同，
　　　　　我对自己曾蔑视爱神表示懊悔，
　　　　　它的高傲已让我吃尽苦头：
　　　　　它让我茶饭不思，悔恨呻吟，
　　　　　它让我白天流泪，夜晚哀叹；
　　　　　因为想报复我对爱情的轻蔑，
　　　　　爱神已从我眼中掳走了睡眠，
　　　　　让我眼巴巴地观望自己的哀怨。
　　　　　啊，好普洛丢斯，爱神是强大主人，
　　　　　它已使我羞愧难当，我得承认，
　　　　　受它惩罚可谓最大的痛苦，
　　　　　为他服役就是最大的享受。
　　　　　现在已没什么话题，除了爱情。
　　　　　只要一提起爱情这个字眼，
　　　　　我便能一日三餐，安然入睡。

普洛丢斯　够了，你的眼神已透出你的运气。
　　　　　这一位就是你崇拜的偶像吧？

凡伦丁　　正是；难道她不是一位天仙？

普洛丢斯　不是，她只是人间的一位典范。

凡伦丁　　要叫她仙女。

普洛丢斯　我不想恭维她。

凡伦丁　　啊，恭维我，因为爱情喜欢美言。

普洛丢斯　我患病时，你给我下过苦药，
　　　　　我现在要以同样的方式待你。

凡伦丁　　咱就实话实说；她若不是天仙，
　　　　　那至少也应该是一位天使 [1]，
　　　　　主宰着尘世上的所有生灵。

普洛丢斯　我的情人除外。

凡伦丁　　亲爱的，没有除外。
　　　　　除非你对我的情人表示不满。

普洛丢斯　偏爱自己的情人难道没理？

凡伦丁　　我也愿意来帮你将她抬举：
　　　　　有一殊荣给她以抬高其身价，
　　　　　让她手牵我小姐的裙裾，以免
　　　　　下贱的泥土偷吻她的衣裙，
　　　　　如此大的恩宠使它得意忘形，
　　　　　不许夏天绽放的鲜花生根发芽，
　　　　　致使严寒的冬季绵绵无期。

普洛丢斯　嗨，凡伦丁，这是何等的吹嘘？

凡伦丁　　原谅我，普洛丢斯。与她那杰出的
　　　　　优点相比，我的话语不值一提。
　　　　　她无与伦比。

普洛丢斯　那就别提她了。

凡伦丁　　绝对不行。嗨，伙计，她是我的，
　　　　　有了这块瑰宝，就像拥有二十个
　　　　　大海一样富有，纵然沙粒为珍珠，

1　天使：原文 principality 是指天使中的第七级。（NS）严格说来，人们并不认为天使神圣。
　　（BM）

海水为玉液，岩石为纯金。
原谅我忘了好好地欢迎你，
你能看出我对情人过分迷恋。
我的愚蠢情敌，受她父亲喜爱——
只是因为他的财力如此雄厚——
已经与她同去，我必须尾随；
因为爱情，你知道，满怀妒忌。

普洛丢斯　可她爱你吗？
凡伦丁　　是的，我们已订婚，而且，结婚时间，
以及精心设计好的私奔计划，
已经定好：我如何用一根绳梯
爬向她的窗户，以及为我的幸福
应采取的各种手段已商议妥当。
好普洛丢斯，跟我前往房间，
就此而言你要帮我提提意见。
普洛丢斯　你先去吧，我会找到你的。
我要到码头那边，要从船上
卸下一些我日常所需的物品，
然后我将会立即前去见你。
凡伦丁　　你能快一点吗？
普洛丢斯　我会的。　　　　　　　　　　　　　　凡伦丁下
犹如一团火将另一团火驱除，[1]
或像一颗钉子将另一颗敲出，
因此我对往日情人的记忆，
因有更新的目标而模糊不清。

1　人们相信热敷可以减缓灼伤。

是我的眼睛，还是凡伦丁的赞颂？
是她的十全十美，还是我的背信，
竟使我无端地产生这种逻辑？
她很美丽，我的朱利娅也很美丽——
那是过去，因为我的爱现已消融，
就像一尊蜡像面对于烈火，
原有的印象便会荡然无存。
我对凡伦丁的热情似已冷淡，
因为我已不像从前那样爱他。
啊，可我却太爱太爱他的情人，
那就是我不怎么爱他的原因。
我现在稀里糊涂地开始爱她，
相知更深时又将如何宠爱？
我所见到的不过是她的外貌，
便使我的理智之光一片昏花；
日后我观看她的内在品格时，
将会毫无疑问地丧失视觉。
我要克制这种错误的爱情；
若不能，就要设法将她搞定。

下

第五场 / 第八景

史比德与朗斯分头上，朗斯带着狗克来勃

史比德　　朗斯，我以真诚起誓，欢迎来到帕多瓦[1]。

朗斯　　　不要虚情假意了，可爱的青年，因为我不受欢迎。我总觉得，一个人只有在吊死之后才算毙命，同样也只有在他付过旅费，老板娘说声"欢迎！"之后，才算真正的欢迎。

史比德　　走吧，你这个笨蛋，我现在就领你去酒馆，在那里，你花上五个便士，你就会得到五千个欢迎。可是，伙计，你的主人是怎么跟朱利娅小姐辞别的？

朗斯　　　哎呀，他们真挚地相拥之后，便轻松愉快地分手了。

史比德　　她会嫁给他吗？

朗斯　　　不会。

史比德　　怎么回事？他是否会娶她？

朗斯　　　也不会。

史比德　　怎么，他们俩崩了？

朗斯　　　没有，他们俩都毫发未损。

史比德　　怎么了，他们俩到底咋样？

朗斯　　　哎呀，是这样的：如果他能挺好，她也会挺好。[2]

史比德　　你真是一头蠢驴！我不懂你的意思。

1　帕多瓦(Padua)：绝大多数编辑均将此处改为 Milan(米兰)，认为莎士比亚忘记了剧中的场所；但实际上很可能是史比德为了哄骗旅途劳顿、头脑迟钝的朗斯，故意将城市说错。

2　原文 when it stands well with him, it stands well with her，为朗斯对史比德的问题 how stands the matter with them 所作的回答，意为"如果他很惬意，她同样会很惬意"；但同时他也在玩弄一种带有淫秽意义的文字游戏，即"如果他能勃起，她会因此高兴"。(NS)

朗斯	你真是死脑筋,你竟然不懂! 我的棍棒都能。
史比德	能懂你的话?
朗斯	是的,还有我的动作呢,你看,我这么一靠,我的棍棒就支到 [1] 我了。
史比德	它支到你了,没错。
朗斯	嗨,"支到"与"知道"竟是一回事。
史比德	说实在的,他们俩般配吗?
朗斯	问我的狗吧:他若说"是",能成。他若说"不",能成。他若摇摇尾巴啥都不说,能成。
史比德	那么结论就是,能成。
朗斯	你只有通过寓言才能从我这里得到这一秘密。
史比德	这样能懂也就行了。不过,朗斯,你怎么看我的主人他已变成了情种?
朗斯	他本来就是这样啊。
史比德	本来怎样?
朗斯	一个大笨蛋,正像你刚才说的那样。
史比德	嗨,你这个狗杂种,你给我弄错了。
朗斯	嗨,傻瓜,我不是说你,我是说你主人。
史比德	我告诉你,我的主人已成了热恋者。
朗斯	嗨,我告诉你,哪怕他让爱烧死 [2] 我也不管。如果你愿意,就跟我到酒馆去;若不愿意,你就是个希伯来人,是个犹太人,

1 支到(understands):此处的原文里 understand 一词共出现了三次,此系朗斯在跟史比德玩弄该词的双关意义,即:史比德所理解的"懂(comprehend)"和朗斯所理解的"支撑(stand beneath)"。(JB) 此处将该词译为"支到(知道)",望能略表原文的双关之义。——译者附注

2 让爱烧死(burn himself in love):即感染性病,其症状之一便是烧灼之感。朗斯在对史比德上文所说的"热恋者(hot lover)"借题发挥。(WC)

不配称为基督徒。

史比德　为啥？

朗斯　因为你连请一位基督徒到酒馆¹喝杯酒的爱心都没有。你去不去？

史比德　我听你的。　　　　　　　　　　　　　　　　　同下

第六场² / 第九景

普洛丢斯独自上

普洛丢斯　抛弃我的朱利娅，我是否背誓？

爱上美丽的西尔维亚，是否背誓？

欺骗我的朋友，则是更大的背誓。

正是当初让我海誓山盟的爱情，

唆使我犯下这种三重的背誓。

爱情让我发誓，爱情又让我背誓；

啊，诱人的爱情，你若已犯下罪过，

教教我，受你诱导的臣民，如何开脱。

最初我曾爱慕过一颗明星，

现在我却崇拜着天上的太阳。

粗心的誓言可被精心地打破，

1　酒馆：原文 ale 可指"酒馆（alehouse）"，亦可指"乡村酒节（country festival）"，或为一个犹太人不会参加的宗教节日；亦或是朗斯认为犹太人缺乏基督徒的爱心。

2　本场的地点依然为米兰，亦可说为第二幕第四场的延续。（WC）

若是缺乏决心教导自己的
理智以糟易好，就是缺乏理智。
呸，呸，无耻的舌头，称她为糟，
她的威仪曾使你接二连三地
发出了两万个由衷的誓言。
我不能停止爱她，可我已经停止，
对我本该爱的对象反而绝情。
要失去朱利娅，要失去凡伦丁，
若保留他们，我定会失去自己。
若失去他们，我就能找到自己：
我替凡伦丁，西尔维娅替朱利娅。
我对自己总比对朋友更近些，
因为爱情本身总是最宝贵的，
西尔维娅——她可是天生丽质——
朱利娅一比只是黝黑的埃塞妞[1]。
我会忘记朱利娅还依然活着，
记住我对她的爱已不复存在。
至于凡伦丁，将其视为仇敌，
旨在能与西尔维娅更为亲密。
现在若不用行动背叛凡伦丁，
便不能证明我对自己忠诚。
今晚他打算利用一根绳梯，
爬向仙女西尔维娅的窗户，
作为他的心腹我参与了密谋。

1　埃塞妞（Ethiope）：指黑皮肤的埃塞俄比亚人。16世纪的英格兰以皮肤白皙为美，黑皮肤的
非洲人常被视为美丽的反面。（BM）

现在我就去向她父亲通报
他们乔装打扮和预谋的私奔，
他定会勃然大怒，驱逐凡伦丁，
因为他有意让女儿嫁给图里奥。
可凡伦丁一旦离去，我会迅速
用计挫败傻瓜图里奥的愚行。
爱神，既已给我智慧想出妙方，
快给我翅膀让我如愿以偿。

第七场 / 第十景

维洛那

朱利娅与露西塔上

朱利娅 告诉我，露西塔，好姑娘，帮帮我，
出于仁慈的爱心，我恳求你，
对我来说你就是一块石板，
我的思想都清晰地刻在上面，
请教导我，告诉我一些良方，
我将如何不失体面地启程，
前去探望我亲爱的普洛丢斯。

露西塔 唉，这旅途颇为艰辛又漫长。

朱利娅 真诚的朝圣客会用他羸弱的
脚步跨国越界而毫无倦态；

更何况她有爱的翅膀可飞翔，
并且是飞往如此可爱、神圣、
完美的普洛丢斯先生身旁。

露西塔 耐心等待普洛丢斯返回会更好。

朱利娅 你不知道他的目光是我的灵粮？
你要可怜我所遭受的饥荒，
那种食粮我已渴望得如此久长。
你若知道爱情在心中的滋味，
你便会用霜雪去点燃烈火，
不会用言辞将爱的火焰扑灭。

露西塔 我并不想扑灭你的爱情火焰，
只想让肆虐的烈火得以缓和，
恐怕它将理智的防线烧穿。

朱利娅 你若加以阻止，就是火上浇油。
那潺潺流淌的溪水，你可知道，
若是受到阻碍，便会肆意泛滥；
要是它的水流能够畅通无阻，
便与光滑的石头奏出美妙乐章，
对每一根能在朝圣的旅途
之上相遇的莎草轻轻一吻，
怡然自得地到处漫游蜿蜒，
最终汇入辽阔无垠的海洋。
就让我去吧，不要阻拦我了。
我会像徐缓的小溪那样安详，
将疲倦的脚步视为一种消遣，
直到最后一步来到恋人身旁，
我将在那里安息，就像一个

幸运的灵魂历经磨难到达天堂。

露西塔　可你此行将穿啥样的服装？

朱利娅　不能像个女的，因为我很想
　　　　避免那些好色之徒与我搭讪。
　　　　好露西塔，你为我准备几套
　　　　适合于体面侍童穿戴的服装。

露西塔　那样的话，小姐就要剪掉头发。

朱利娅　不，姑娘，我要用丝线将它扎起，
　　　　结成二十个精心制作的情结。
　　　　打扮得奇形怪状，也许会使我
　　　　看上去更像一位老成的青年。

露西塔　那你要穿啥样的马裤，小姐？

朱利娅　这就等于说"告诉我，好先生，
　　　　您要穿着多大腰围的环裙？"
　　　　嗨，你喜爱的款式都行，露西塔。

露西塔　你的裤裆前必须配上吊袋[1]，小姐？

朱利娅　呸，呸，露西塔！那会很难看的。

露西塔　齐腰短裤，小姐，现在一钱不值，
　　　　除非你在它上面缀上吊袋。

朱利娅　露西塔，既然你爱我，就为我配备
　　　　你觉得合适和雅观的服饰吧。
　　　　但告诉我，姑娘，我作这样一种
　　　　厚颜的旅行，世人将怎样看我？
　　　　恐怕我会受到人们的耻笑。

1　吊袋：原文 codpiece 是指男子紧身裤前裆的袋状物，用以遮盖下体。（NS）该词也可指"阴茎"。（JB）

露西塔	你若这样想，那就待在家里别去。
朱利娅	不，那可不行。
露西塔	那就别怕名声不好，去就是了。
	若普洛丢斯喜欢你的远道而来，
	你走后谁若不快都没关系。
	恐怕他很难就此感到开心。
朱利娅	我最不用担心这一点，露西塔。
	他的汪洋泪海，成千的誓言，
	还有他无穷无尽的爱情例证，
	保证我的到来会受他欢迎。
露西塔	这些都是花心男子的手段。
朱利娅	卑鄙的男子才会别有用心。
	可普洛丢斯生来就有诚意。
	他的话是契约，他的誓言是神谕，
	他的爱情真挚，他的思想纯洁，
	他的眼泪出自于他的衷心，
	他的心，与欺骗犹如天壤之别。
露西塔	但愿你见到他时他能如此。
朱利娅	假如你爱我，就不要冤枉他了，
	对他的真诚抱有糟糕的看法。[1]
	你只有通过爱他才值得我爱，
	马上就与我一起到我房间，
	帮我看看还需要什么物品，
	为我这次渴望之旅做好准备。
	我拥有的一切将由你掌管，

1　这一场中朱利娅对普洛丢斯的论断紧随普洛丢斯上一场的独白，其戏剧效果尤为明显。（NS）

我的东西，我的土地，我的声誉。
唯一的回报就是，快让我上路。
快来，不用回答，立刻照办去吧。
任何的拖延都会使我厌烦。　　　　　　　　　　　　　　同下

第三幕

第一场 / 第十一景

米兰

公爵、图里奥与普洛丢斯上

公爵　　图里奥爵士，请你回避一下，

我们俩有件私事需要商议。　　　　　　　　　图里奥下

告诉我吧，普洛丢斯，你想说啥？

普洛丢斯　仁慈的殿下，我要透露的事情，

若按友情之道我本该闭嘴，

可是当我想起殿下所赐予

我的恩惠——尽管我自己不配——

我的本分使我不得不吐露，

否则任何财富都无法使我开口。[1]

尊贵的殿下，我的朋友凡伦丁，

打算今晚就把您的女儿劫走；

我本人就是私下知情的一员。

我知道您已决定将她许配给

图里奥，但您温存的女儿恨他，

假如她让人从您身边劫走，

对年长的您来说会非常苦恼。

因此，出于我的本分，我宁愿

1　普洛丢斯此处的过分申明突显了自身的虚伪本性。（WC）

　　　　　　阻挠我朋友拟议中的图谋，
　　　　　　而不愿意隐瞒，将无尽的悲苦
　　　　　　压到您头上，因为猝不及防，
　　　　　　可能承受不起，从而过早伤亡。

公爵　　普洛丢斯，谢谢你真诚的关心，
　　　　　　作为报答，有生之年我悉听君便。
　　　　　　他们俩的相爱我也经常看见，
　　　　　　尽管他们觉得我熟睡不知，
　　　　　　我时常试图加以阻止，不让
　　　　　　凡伦丁接近她或是来到宫中。
　　　　　　可因为害怕我的猜忌会出错，
　　　　　　从而冤枉了好人，使他蒙羞——
　　　　　　我向来都会避免这种轻率——
　　　　　　我对他慈眉善目，试图借此
　　　　　　发现你刚才向我透露的事实。
　　　　　　也许你能看出我为此事担忧，
　　　　　　因为我知道年轻人易受诱惑，
　　　　　　晚上就让她睡在塔楼的顶层，
　　　　　　门房的钥匙由我一人掌握，
　　　　　　因此她无法被人偷偷带走。

普洛丢斯　尊贵的殿下，他们已想出办法，
　　　　　　他将如何攀登到她的窗口，
　　　　　　然后用一根绳梯将她接下。
　　　　　　这位年轻的恋人已去拿绳梯，
　　　　　　并且马上就会从这里路过，
　　　　　　如果您愿意，您可将他截住。
　　　　　　不过，我的好殿下，您要做得巧妙，

	别让他猜到是我走漏了风声。
	是因为爱您，不是恨我朋友，
	才使我向您透露了这次图谋。
公爵	我以信誉担保，他绝不会知道
	我是从你这里得到的消息。
普洛丢斯	再见了，殿下，凡伦丁先生来了。	普洛丢斯下

凡伦丁上

公爵	凡伦丁先生，如此匆忙要去何方？
凡伦丁	启禀殿下，有位信差在等我，
	要把我写给朋友的信件带走，
	我现在要去把信件交托给他。
公爵	是很重要的信吗？
凡伦丁	信的内容只不过是想表明
	我在您的宫中过得安康愉快。
公爵	这么说，并不重要。请稍停片刻，
	我现在要向你吐露一些事情，
	与我休戚相关，你可要保密。
	你不会不知道我想把我女儿
	许配给我的朋友图里奥爵士。
凡伦丁	我知道，殿下，深信这一婚配
	将会荣华富贵。而且这位绅士
	品德高尚，颇为富有，慷慨大方，
	迎娶您的漂亮女儿颇为恰当。
	殿下您就不能争取让她爱他？ [1]

1　凡伦丁这种略嫌怯懦的矫饰很像普洛丢斯在第一幕第三场中的表现，当时他也不敢表露自己
　　对朱利娅的爱情。（CL）

公爵	不能，相信我，她任性，赌气，倔强，
	高傲，偏执，顽固，缺乏孝心，
	既不在乎她是我的孩子，
	也不把我当作父亲加以敬畏。
	我可以告诉你，她的这种傲气，
	经过反思，已使我不再爱她，
	然而我本打算将我的余生
	交由这位孝顺女儿好好赡养，
	可我已下定决心再行续娶，
	谁愿意要她就把她带走好了。
	那就让她的美貌作为嫁妆，
	因为她轻视我和我的财物。
凡伦丁	殿下想要我为此做些什么？
公爵	在维洛那[1]这里有一位淑女，
	我很喜爱。可她很腼腆和挑剔，
	对老汉我的情话不予理睬。
	因此我现在很想请教于你——
	因为我早已忘了如何求爱，
	而且，求爱的时尚也已改变——
	你教我以何种方式举手投足，
	才能赢得她那明眸的青睐。
凡伦丁	用礼物征服她，假如言辞不行。
	沉默的珠宝尽管无息无声，

---

1 也许是将地点搞错——把米兰当成了维洛那（因该剧的地理位置摇摆不定）。（BM）许多编辑试图将该处地点换成米兰；但维洛那这个地名倒更为合适，因为公爵是想就该话题与凡伦丁这位来自维洛那的青年进行沟通。（NS）

但比甜言更易将女人心打动。

公爵 可她对我送的礼物不屑一顾。

凡伦丁 女人对醉心的东西常加嘲弄。

再送她一件，千万不要放弃，

最初的轻蔑会使日后更爱惜。

她若愁眉不展，并不是恨你，

而是想得到你更多的爱意。

她若是责骂，并不是让你走开，

因为傻瓜[1]会发疯，若无人理睬。

无论她说什么，你都不能反感，

她说的"你走开"，不是指"滚蛋！"

恭维、称赞、颂扬她们的优美：

说她们貌若天仙[2]，尽管皮肤黝黑[3]。

并非每一个男人都可谓汉子，

除非能用不烂之舌赢得女子。[4]

公爵 可这位小姐已由家人许配给

一位颇有身份的年轻绅士，

已严加看管，不许有男人出现，

因此我无法在白天靠近她。

凡伦丁 那我建议您在夜晚前去见她。

公爵 是的，可房门紧锁，钥匙藏着，

---

1 傻瓜（the fools）：当时的一种昵称。（NS）

2 说她们貌若天仙（say they have angels' faces）：此句参阅并借用了梁实秋先生的译文。——译者附注

3 按照伊丽莎白时代的审美标准，唯有白肤金发才算美丽。（BM）

4 从"沉默的珠宝尽管无息无声"至本行：随着对话内容转向十四行诗式的爱情主题，此间的诗行也采用了偶韵体。（NS）

因此我无法在夜晚向她靠近。

凡伦丁　从她的窗户进去那又有何妨？

公爵　她的卧室很高，离地面很远，

高高地悬在空中，谁若是攀爬，

就等于拿自己的生命冒险。

凡伦丁　那就用一根精心制作的绳梯，

配上一对吊钩，抛掷上去，

即可攀到另一位赫洛的高塔[1]，

假如勇敢的勒安得耳甘冒风险。

公爵　嗳，你是一位出身高贵的绅士，

告诉我哪里可弄到这种梯子？

凡伦丁　您何时要用？请告诉我，先生。

公爵　今晚就用，因为爱情就像儿童，

对能够得到的东西如饥似渴。

凡伦丁　七点前我就把绳梯给您送来。

公爵　你听我说：我要单独去见她。

我如何才能把绳梯运送过去？

凡伦丁　它并不重，殿下，可随身携带，

把它藏在一件披风里就行。

公爵　跟你穿的披风一样长行吗？

凡伦丁　行，我的好殿下。

公爵　就让我看看你的披风，

我要去弄一件一模一样的。

凡伦丁　嗨，只要是件披风就行，殿下。

1　赫洛的高塔（Hero's tower）：根据希腊神话，勒安得耳靠着高塔中的灯光指引，前往情人赫
　洛的寓所与她幽会（参见第一幕第一场）。

公爵　　看看我穿上披风是否适应？

　　　　我求你，让我试试你的披风。

　　　　（掀开凡伦丁的披风，发现里面藏着一信和一绳梯）

　　　　还有信件？给谁的？"致西尔维娅"！

　　　　还有适合我采取行动的工具。

　　　　这次我要斗胆打开看上一看。

　　　　（念信）"我的心思夜夜与西尔维娅相伴，

　　　　它们[1]是我奴仆，我让它们飞翔。

　　　　啊，愿它们的主人能自由往返，

　　　　居住在它们徒然占据的地方。

　　　　我的心思在你洁白的心房[2]安息，

　　　　而我，它们的国王，赶它们前去，

　　　　却要诅咒它们竟有这种运气。

　　　　因为我自己缺乏奴仆的幸遇。

　　　　我诅咒自己，因它们由我差遣，

　　　　它们竟住在其主人该住的地点。"[3]

　　　　给谁的？

　　　　"西尔维娅，今晚我就救你出监。"

　　　　原来如此：这里还有备好的绳梯。

　　　　嗨，法厄同[4]——你真可谓日神之子——

1　指"我"的心思。——译者附注

2　在你洁白的心房（in thy pure bosom）：指伊丽莎白时代妇女上衣内侧与胸脯之间的小袋，常用以放置情书、信物和珍爱的纪念物品。（NS）

3　引号中的这十行诗文属于典型的莎士比亚十四行诗体形式，只是缺少了最后四行。（NS）

4　法厄同（Phaeton）：希腊神话中日神赫利俄斯（Helios）与凡人克吕墨涅（Clymene）（墨洛普斯 [Merops] 之妻）所生的儿子；他驱使日神的马车，但因无法驾驭天马，使马车离地太近，导致部分地球烧毁，最终被天神宙斯（Zeus）雷击致死。（JB），（裴克安），（NS）

你是不是企图驾驭天车，

以你的胆大妄为将世界焚毁？

因为星星对你眨眼，就想摘取？ ¹

滚，下贱的盗贼，狂妄的奴仆，

把谄笑献给与你匹配的人去，

明白是我的耐心，不是你的功劳，

给你这种特权让你离开此地。

在我赐予你的所有恩惠当中，

尽管已过分，这一项最该感激。

但你若在我的领地流连拖延，

不以时间所能准许给你的

最快速度从我的宫里离去，

向天发誓，我的怒气将远超

我给我女儿或你本人的爱意。

快走！我不想听你徒劳的辩解，

你若爱惜生命，那就赶快走开。　　　　　　　　下

凡伦丁　与其苟延残喘，何如一死了之？

死去也就是我离开我自己，

西尔维娅是我自己：离开了她，

就是自己离开自己。致命的流亡： ²

看不到西尔维娅，还能有亮光？

西尔维娅不在身旁，还能有喜悦？

除非去想象她就近在咫尺，

---

1 此句源于谚语 One may point (look) at a star but not pull (reach) at it（星星可看不可摘）。（WC）

2 前面三行的台词与普洛丢斯的"我定会失去自己"（第二幕第六场）形成了鲜明的对比。凡伦丁是一位传统式的情人，而普洛丢斯则是一位无赖。（CL）

将她的完美影像作我的食粮。

除非我夜晚与西尔维娅同在，

否则夜莺便没有婉转歌声。

除非我白天能看见西尔维娅，

否则对我来说就没有白天。

她可是我的精华，要是没有

她那有益的星力[1]将我养育、

照耀、珍惜，我将不复存在。

逃离他的死刑[2]并非死里逃生：

我在此逗留，只不过是等死，

可我一旦离开，便没了生命。[3]

普洛丢斯与朗斯上

普洛丢斯 快跑，伙计，快跑，把他搜出来。

朗斯 喂，嗬！喂，嗬！[4]

普洛丢斯 你看见啥了？

朗斯 我们要找的那个：他可是一个彻头彻尾的凡伦丁。[5]

普洛丢斯 凡伦丁？

凡伦丁 不是。

---

1 星力（influence）：是指星球所释放的一种类乙醚的液体，据信能对人们的性格和命运施加影响，此乃占星学的基本原理。（BM），（NS）

2 死刑（death）：即公爵的宣判——流放。

3 有些批评家认为凡伦丁的上述独白之后原有一场间隔，因为在凡伦丁短短的18行独白之间，人们很难相信公爵颁布了流放公告，会见了西尔维娅，并将女儿监禁在塔楼里面。（NS）

4 喂，嗬（so-ho）：猎人发现猎物时所发出的吆喝声。（WC）

5 他可是一个彻头彻尾的凡伦丁（there's not a hair on's head but 'tis a Valentine）：他头上的每根头发都能表明其身份，即：一位真正的情人。朗斯也是在玩弄文字游戏，即 hair（头发）与 hare（兔子）之间的语义双关；结合其在上一句台词中的吆喝声，可表明他是在假装捕猎。（NS）

普洛丢斯	那是谁？他的魂？
凡伦丁	也不是。
普洛丢斯	那是啥？
凡伦丁	虚空。
朗斯	虚空能说话？少爷，要打他吗？
普洛丢斯	你要打谁？
朗斯	虚空。
普洛丢斯	混蛋，不行。
朗斯	嗨，先生，那我就虚打，我求你——
普洛丢斯	伙计，我说不行。朋友凡伦丁，说句话。
凡伦丁	我的耳朵已堵住，听不进佳音， 太多的坏消息已占据它们。
普洛丢斯	那就埋葬我的消息让它们沉寂， 因为它们难听、刺耳和不利。
凡伦丁	西尔维娅死了？
普洛丢斯	没有，凡伦丁。
凡伦丁	对天使西尔维娅，再没有凡伦丁。[1] 她是否已将我抛弃？
普洛丢斯	没有，凡伦丁。
凡伦丁	若西尔维娅抛弃我，再没有凡伦丁。 你有啥消息？
朗斯	先生，有一张告示说你已经消亡。
普洛丢斯	说已将你流放——唉，消息是这样—— 离开此地，离开西尔维娅和朋友我。

---

1 再没有凡伦丁（No Valentine indeed）: 此处的文字游戏有两层意思:(1)我无法再当情人;(2)
我不再是我自己，因为离开了西尔维娅我将不复存在。(JB),(NS)

凡伦丁　啊，这种痛苦早已让我吃饱，
　　　　再多吃一点将会把我撑死。
　　　　西尔维娅是否知道我被流放？

普洛丢斯　知道，知道。她为你这一判决——
　　　　因无法更改，所以完全有效——
　　　　洒下海量溶化的珍珠，人称泪水，
　　　　使之奉献在父亲粗暴的脚下，
　　　　她还跪在地上，请求以身代过，
　　　　她拧搓双手，如此洁白细嫩，
　　　　像是因本次灾难而毫无血色。
　　　　然而跪下的双膝，高举的玉手，
　　　　唉声叹气，低沉呻吟，泪如泉涌，
　　　　都不能将她无情的父亲打动；
　　　　凡伦丁，一经逮捕，必须处死。
　　　　而且，她的代祷使他颇为恼怒，
　　　　当她请求对你加以改判时，
　　　　竟命令将她关进坚固的牢房，
　　　　并多次威胁要让她待在那里。

凡伦丁　别再说了，除非你下句话的
　　　　毒效足以将我的生命葬送。
　　　　若能如此，我求你轻声告知，
　　　　权当挽歌了却我无尽的哀伤。

普洛丢斯　对无法改变的事情别再哀伤，
　　　　要为你伤心的事情想想办法：
　　　　时间是所有美意的成就者。
　　　　你在此逗留，也见不到恋人；
　　　　况且，你的逗留将促使你送命。

希望是情人的拐杖，挂着它走吧，

要用它来抵御绝望的思想。

你可写信过来，虽然身在异地，

信件，书写给我，我会把它们

送到你情人那乳白的心房。

时间目前可不许我们详谈，

快来，我将把你送出城门，

在我与你分手之前，要详细

谈谈有关你恋爱的各种事宜。

你既爱西尔维娅，纵然不为自己，

也该注意自身安全，跟我来吧。

凡伦丁　我求你，朗斯，若看到我的仆人，

就让他速到北门与我会面。

普洛丢斯　去吧，伙计，去找他。来吧，凡伦丁。

凡伦丁　啊，亲爱的西尔维娅！可怜的凡伦丁！　　凡伦丁与普洛丢斯下

朗斯　我只是一个傻瓜，你看，我却有头脑意识到我的主人是个无赖；假如他只做过一次坏事，也无关紧要。[1] 现在没人知道我在恋爱[2]，可我在恋爱，几匹马都不能从我嘴里拽出这秘密，还有我爱谁；可她是个女人，哪种女人，我都想对自己保密；是个挤奶姑娘，但又不是姑娘，因为她有个孩子；可她是个

1　译文依据本剧主编乔纳森·贝特先生对此句的注释：but that doesn't matter as long as he is a knave in one thing only。另，新企鹅出版社编辑诺曼·桑德斯（Norman Sanders）先生对此句的部分注释为：Some editors have thought the reference may be to Proteus—a knave to both his mistress and his friend（有些编辑认为可能是指普洛丢斯这位无赖——既愧对情人，又愧对朋友）。——译者附注

2　可能影射凡伦丁将自己的恋情透露给了普洛丢斯。（NS）

侍女，因为她是其主人的婢女，有偿服务。她比一条水猎狗[1]能干，对纯粹的基督徒[2]来说这已相当不错。(取出一纸)这是她的品性清单。"首先，她能搬运东西。"嗨，一匹马都能办得到；不对，一匹马不会搬，只会运，因此她要比驽马强。"再者，她会挤奶。"请注意，哪位姑娘要是有双干净的手可是项优点。[3]

史比德上

史比德　怎么了，朗斯先生？你的主人他[4]有啥消息？

朗斯　我主人的船吗？嗨，在海上漂移。

史比德　好啊，你这个老混蛋，故意曲解。那好，你那纸上都说些什么？

朗斯　你从未听过的最黑的消息。

史比德　咋了，伙计？有多黑？

朗斯　嗨，黑得像墨水。

史比德　让我看看。

朗斯　去你的吧，呆子，你又不识字。

史比德　胡说，我识字。

朗斯　那我考考你。告诉我，谁生的你？

1　水猎狗(water-spaniel)：一条水猎狗的能力包括：通过嗅觉发现躲藏的野鸭，发现并取回使用后落入水中的枪栓和箭矢，将猎人射杀的野鸭取回等。(NS)

2　纯粹的基督徒：原文 a bare Christian 中的 bare 一词有两层含义：(1)纯粹的，十足的；(2)赤裸的，有别于毛茸茸的猎狗。(NS)

3　与史比德简短而诙谐的旁白相比，朗斯面对观众的这一段直白有着不同的分量。朗斯在剧中的角色可谓帮助"阐释并支配(但不一定是贬低)该剧的爱情和友情主题。"朗斯对那位无名女士的爱情表白堪比普洛丢斯和凡伦丁此前的类似声明，或是就此进行有意的模仿和嘲弄。(WC)

4　主人他：原文 mastership 即"主人，主人之身份"，但朗斯故意将该词拆开来理解，即下文的 master's ship(主人的船)。——译者附注

史比德	哎哟，我祖父的儿子呀。
朗斯	啊，你这无知的浪子！应是你祖母的儿子。这一点证明你不识字。
史比德	得啦，傻瓜，得啦。用你纸上的东西考吧。
朗斯	（把纸递给他）给你，愿圣尼古拉[1]保佑你。
史比德	（念）"首先[2]，她会挤奶。"
朗斯	是的，她会挤。
史比德	"再者，她善酿麦酒。"
朗斯	所以才有这句谚语，"谁能酿出好麦酒，上帝将谁来保佑。"
史比德	"再者，她会缝补[3]。"
朗斯	那就等于说："她真会吗？"
史比德	"再者，她会编织。"
朗斯	有了这样的女人还用担心什么嫁妆，如果她会给你织袜子？
史比德	"再者，她会洗会擦。"
朗斯	真是太难得了，那她就不用别人擦洗她了。
史比德	"再者，她会纺织。"
朗斯	那我就可以逍遥自在了，因为她能靠纺织谋生。
史比德	"再者，她有好多无名的优点。"
朗斯	那就等于在说"杂种优点"，因为他们不知道父亲是谁，所以才没名字。
史比德	下面是她的缺点。
朗斯	跟她的优点接踵而至。

1　圣尼古拉（Saint Nicholas）：学者的主保圣人。

2　史比德所引用的首项内容显然有别于朗斯的列表。（NS）

3　缝补：原文 sew 为"缝补"之义；可朗斯将其理解为 sow seed（播种），并对一个女人能做到这一点感到吃惊。（JB），（CL）

史比德	"再者，她斋戒时不能亲吻，因为她会口臭。"
朗斯	哟，这毛病一吃早饭即可解决。接着读。
史比德	"再者，她爱吃甜食。"
朗斯	那正好可弥补她的口臭。
史比德	"再者，她睡觉时说话。"
朗斯	这一点没关系，她可以说话时不睡。
史比德	"再者，她慢声慢语。"
朗斯	唉，混蛋，竟把这当成她的缺点！说话慢条斯理可是女人唯一的优点。我求你把它删了，改成她的主要优点。
史比德	"再者，她很傲气。"
朗斯	这一条也删掉。那是夏娃传的，她无法避免。
史比德	"再者，她没牙齿。"
朗斯	这一点我也不介意，因为我爱面包皮 [1]。
史比德	"再者，她脾气暴躁。"
朗斯	唉，好处是，她没牙齿不会咬人。
史比德	"再者，她会时常品酒。"
朗斯	如果她的酒好，就该赞赏；如果她不赞赏，我也会的，因为好东西就该褒扬。
史比德	"再者，她太放肆。"
朗斯	她的嘴巴不会太放肆，因为上面写着她慢声慢语；至于她的钱包，也不会的，因为我会把它攥紧。至于她会在别的事上 [2] 放肆，我没有办法。好吧，继续。
史比德	"再者，她的头发比她的头脑多，缺点要比头发多，财富要比缺点多。"

1　这样就不用跟她分享面包皮了。（NS）
2　别的事上（of another thing）：暗指性行为。（NS），（JB）

朗斯	停一停，我要娶她。可听了这最后一条，我再三犹豫到底要不要娶她。把那一条重复一遍。
史比德	"再者，她的头发比头脑多"——
朗斯	头发比头脑多？[1]也许吧，我来论证一下。盐罐子的盖子能把盐盖住，因此它要比盐多；那盖住头脑的头发就要比头脑多，因为多的盖住少的。下面呢？
史比德	"缺点比头发多"——
朗斯	那太可怕了。噢，但愿把它删掉！
史比德	"财富比缺点多。"
朗斯	嗨，这会使她的缺点可以接受。那好，我要娶她。假如我们能结合，因为世上无难事[2]——
史比德	然后呢？
朗斯	嗨，然后我告诉你——你的主人正在北门那里等你。
史比德	等我？
朗斯	等你？是的，你是老几？你这人真不配他等候。
史比德	我要走去见他吗？
朗斯	你必须跑去见他，因为你已在这里耽搁太久，走去恐怕不行了。
史比德	你为啥不早告诉我呀？你的情书该死！　　　　　　　　下
朗斯	现在他可要因为看我的信挨揍了；一个无礼的奴才，就爱打探别人的秘密。我要跟上，看看他如何挨揍，好高兴高兴。

下

1　源于谚语 There's many a man hath more hair than wit（好多人可谓头发多见识少）。（WC）
2　源于谚语 Nothing is impossible to a willing heart（世上无难事，只怕有心人）。（BM）

第二场 [1] / 第十二景

公爵与图里奥上

公爵　　图里奥爵士，别担心她不爱你，

　　　　凡伦丁已被流放，她无法相见。

图里奥　自从他被放逐，她对我格外鄙视，

　　　　不让我见她，还对我破口大骂，

　　　　因此我没有希望得到她了。

公爵　　这种脆弱的情丝就像用冰

　　　　雕成的图形，经过片刻的高温，

　　　　即可融化成水而失去原形。

　　　　她那冰封的思绪很快会消解，

　　　　将无用的凡伦丁抛在脑后。

普洛丢斯上

　　　　怎么样，普洛丢斯先生，你的同胞，

　　　　是否已按照我的宣告离开了？

普洛丢斯　离开了，好殿下。

公爵　　我女儿对他的离去是否伤心？

普洛丢斯　她的痛苦，殿下，不久就会消失。

公爵　　我相信会的，可是图里奥不信。

　　　　普洛丢斯，我很看重你的意见——

　　　　因为你已表现出很多长处——

　　　　这使我更愿跟你一起商谈。

1　本场地点仍为米兰。（WC）

普洛丢斯	我若对殿下您有任何不忠， 就请殿下您立刻将我处死。
公爵	你可知道我是多么想促成 图里奥爵士跟我女儿的婚事？
普洛丢斯	我知道，殿下。
公爵	还有，我想，你不会不知道 她是如何把我的心意违抗？
普洛丢斯	没错，殿下，凡伦丁在的时候。
公爵	是的，可是她依然执迷不悟[1]。 我要做些什么才能使她忘掉 凡伦丁，而去爱图里奥爵士？
普洛丢斯	最好的办法是诋毁凡伦丁， 说他撒谎、懦弱、出身寒微： 女人非常仇视这三件事情。
公爵	是的，可她会想这是怀恨之言。
普洛丢斯	没错，若是出于他的仇敌之口。 因此一定要说得有理有据， 由她认为是他朋友的人说出。
公爵	这样就得由你去诽谤他了。
普洛丢斯	这种差事，殿下，我很不情愿。 对一位绅士来说这很不光彩， 尤其是针对他的知心朋友。
公爵	你的美言若对他毫无益处， 那你的谗言就会对他无害； 因此这种差事无所谓好坏，

---

1 执迷不悟（perversely she persevers so）：参考并借用朱生豪先生的译文。——译者附注

因为你这是应朋友[1]之邀而为。[2]

普洛丢斯　我听您的，殿下。假如我能够

设法说一些有关他的坏话，

她就不会长久地继续爱他。

纵然能将她对凡伦丁的爱根除，

不见得她就会爱图里奥爵士。

图里奥　因此，你将情丝从他身上剥下时，

为免它乱成一团无人受益，

你必须将它缠到我的身上，

这要靠对我的长处大加赞扬，

正像你要对凡伦丁尽量贬低。

公爵　普洛丢斯，我敢委托你此事，

因为我知道，据凡伦丁介绍，

你已经是爱神的忠实信徒，[3]

不会很快违背情义而变心。

基于这种理由，可以允许你

和西尔维娅一起自由攀谈——

因为她情绪低落，抑郁寡欢，

因你朋友缘故，她会高兴你去——

也许你能通过劝说，感化她

恨年轻的凡伦丁而爱我朋友。

普洛丢斯　我将尽力而为，把事情办成。

可是你，图里奥爵士，不够热情；

1　朋友（friend）：即公爵。

2　公爵的上述逻辑跟普洛丢斯的自我辩解一样华而不实且自私自利。（WC）

3　注意其中的反讽。（NS）

        你必须要用那哀婉的情诗，

        在字里行间写满殷勤的誓言，

        以这种方式去捕捉她的意愿。

公爵   是的，超凡的诗行很有分量。

普洛丢斯 比如你要将自己的泪水、叹息、

        心意祭献在她那美丽的圣坛。

        直写到墨水干涸，再用泪水

        将它湿润，作一些激昂的诗文，

        使它们表明你是忠心耿耿；

        因为俄耳甫斯[1]用诗人的筋作弦，

        他的奇音妙乐能软化铁石，

        驯服猛虎，使巨大的海怪[2]离开

        深不可测的海底到沙滩起舞。

        呈献你伤心欲绝的情诗之后，

        晚上再带一些可爱的乐师

        到你小姐窗下；伴着他们的演奏，

        唱上一首悲歌。夜晚的沉寂

        与这种哀怨的倾诉会很适宜。

        只有这样才能够将她获取。

公爵   这种教导表明你是情场老手[3]。

图里奥   我今晚就要采纳你的忠告。

---

1 俄耳甫斯（Orpheus）：希腊神话中的一位乐师，其音乐的魅力能将野生动物甚至无生命的
  物体感动。（BM）

2 海怪（leviathans）：当今的圣经学者认为，《约伯记》和《诗篇》中所说的海怪可指多种真
  实或想象中的动物，包括鳄鱼等，但是，日内瓦版《圣经》（伦敦，1560年）在其旁注中清
  楚地指出，在16世纪鲸鱼就等于海怪。（BM）

3 情场老手（hast been in love）：参考并借用朱生豪与梁实秋先生的译文。——译者附注

因此，亲爱的普洛丢斯，我的向导，
让我们一起马上赶到城里，
去挑选几位擅长音乐的绅士。
我现有一首情诗倒很适合，
开始对你的高见加以实施。

公爵　　行动吧，绅士们！

普洛丢斯　我们要伺候殿下用过晚餐，
　　　　　　然后再决定下一步的行程。

公爵　　现在就行动。我不会怪罪你们。　　　　　　　众人下

第四幕

第一场　　/　　第十三景

野外 / 森林 [1]

若干强盗上

强盗甲　　伙计们，别动，我看见一个旅客。

强盗乙　　假如有十个，也不退缩，打倒他们。

凡伦丁与史比德上

强盗丙　　站住，先生，把你们的东西扔下。

　　　　　　否则，我们就要对你们动武。

史比德　　先生，咱们完了；这些个恶棍，

　　　　　　所有旅客都对他们心有余悸。

凡伦丁　　我的朋友——

强盗甲　　不是的，先生，我们是你的敌人。

强盗乙　　住口，要听他说。

强盗丙　　对，凭我这把胡子，听他说，因为他很英俊。

凡伦丁　　要知道我没啥财宝可以损失；

　　　　　　我这人遭了厄运，身处逆境，

　　　　　　我的财富就是这身破衣烂衫，

　　　　　　你们若从我身上将它们扒下，

　　　　　　就等于夺走了我的全部家产。

强盗乙　　你要去哪里？

1　本场显然发生在米兰郊外的森林，可能是前往维洛那的途中。（NS）

凡伦丁	去维洛那。
强盗甲	你从哪里来？
凡伦丁	从米兰来。
强盗丙	你在那里待得久吗？
凡伦丁	十六个月左右¹，若非厄运降临，
	我会在那里待得更久一些，
强盗甲	怎么，你遭到了流放？
凡伦丁	是的。
强盗乙	犯了啥罪？
凡伦丁	重提此事对我是一种折磨：
	我杀了一个人，对此后悔莫及，
	可我杀死他堂堂正正，打斗中，
	我们相互匹敌，也没用诡计。
强盗甲	嗨，如果是这样，千万别后悔；
	可你为这小小过失而遭流放？
凡伦丁	是的，我对这种判决感到庆幸。
强盗乙	你会说外语吗？
凡伦丁	年轻时的游历²使我能精通，
	否则时常会感到自惭形秽。

---

1 十六个月左右（some sixteen months）：该剧时间安排混乱的一个例证，因为在第一幕第一场（凡伦丁前往米兰）与第一幕第三场（普洛丢斯前往米兰）之间有十五个月左右的间隔。（NS）

2 游历（travel）：对开本该词拼写为 travaile，意为"勤勉（labour）"和"游历（travel）"，此处很可能是指凡伦丁学习外语的经历，而不是到国外的游历，尽管下一行暗示他常有使用外语的机会。当凡伦丁在第一幕第一场出发"到国外好好地去开开眼界"时，并未提及他此前的游历。也许凡伦丁的这种声言只是一种自我保护的策略——让自己显得更为老成。（WC）

强盗丙	以罗宾汉的胖修士[1]之光头起誓，
	他可当咱们这帮粗人的头儿！
强盗甲	要留住他。伙计们，议一议。（强盗们私下商议）
史比德	主人，跟他们入伙吧，这种盗窃名正言顺。
凡伦丁	住口，混蛋。
强盗乙	告诉我们，你靠啥维持生计？
凡伦丁	只靠我的运气。
强盗丙	要知道我们几个也是绅士，
	因为放荡不羁或年轻气盛，
	被德高望重的人士排斥在外。
	本人就是从维洛那流放到此，
	因为企图将一位女士劫走，
	她是公爵的一位近亲和继嗣。
强盗乙	我来自曼托瓦[2]，因为一怒之下，
	将刀子刺进一位绅士的心脏。
强盗甲	我也是因为类似的小小罪过。
	但言归正传：我们承认过错，
	是想解释为何会这样非法生活；
	也因为，我们看你长相英俊、
	仪表堂堂，据你自己透露，
	是语言学家，如此完美的人士，
	真让我们这种职业求之不得——
强盗乙	的确，因为你是遭到了流放，

---

1 胖修士（fat friar）：绿林强盗罗宾汉（Robin Hood）的追随者塔克修士（Friar Tuck）；修士的头顶一般剃光，只留一圈头发。（BM），（裴克安）
2 曼托瓦（Mantua）：意大利北部一公国。

基于这种理由，我们和你谈谈：
你是否愿意做我们的首领？
出于无可奈何而甘愿为之，
像我们一样生活在荒郊野外？

强盗丙　你说呢？愿意跟我们合伙吗？
说"愿意"，愿做我们大家的头儿，
我们将对你效忠并听你号令，
爱你犹如我们的国王和统帅。

强盗甲　你若拒绝我们的好意，就去死。

强盗乙　不会让你活着声张我们的提议。

凡伦丁　我答应你们，和你们住在一起，
但条件是，你们不能对无助的
妇女和贫穷的旅客施以暴行。

强盗丙　不，我们厌恶这种卑鄙的行径。
快，跟我们走，带你去见见弟兄，
并向你展示我们的全部财富，
这一切，连俺自己，全由你吩咐。　　　　　众人下

第二场[1] / 第十四景

米兰

普洛丢斯上

普洛丢斯 我这人已经对凡伦丁不忠，

现在又必须对图里奥不义，

我打着对他进行赞美的幌子，

却趁机去促进自己的爱情。

可西尔维娅太正直、太真诚、太圣洁，

不为我那无用的礼物所动；

当我声言对她表示忠诚时，

她便嘲笑我对我的朋友不忠；

当我对她的美貌信誓旦旦时，

她便让我想想如何违背誓言，

抛弃了我所钟爱的朱利娅；

可是尽管她对我冷嘲热讽，

每句话足以令恋人心灰意冷[2]，

可就像哈巴狗，她越唾弃我的爱，

我就越会爱她并向她讨好。

图里奥与乐师数人上

图里奥已到；我们要去她窗下，

---

1 本场乍一看应紧随第三幕第二场之后，当时图里奥宣布了自己已有向西尔维娅献唱小夜曲的意图。然而，普洛丢斯的开场白清楚地表明现已过去一些时日，在此期间他还利用公爵的准许前去探望了西尔维娅。（NS）

2 心灰意冷（quell a lover's hope）：参考并借用梁实秋先生的译文。——译者附注献上几首夜曲好让她听听。

图里奥 怎么，普洛丢斯先生，已溜进来了[1]？

普洛丢斯 是的，好图里奥，因为你知道，

恭顺的爱情不能走时便会爬。[2]

图里奥 可我希望，先生，你的爱不在这里。

普洛丢斯 先生，恰恰相反，否则我会远离。

图里奥 爱谁？西尔维娅？

普洛丢斯 是的，西尔维娅。为了你。

图里奥 谢谢你把意思说清。先生们，

开始演奏，大家要热情洋溢。

旅店主与女扮男装的朱利娅上，站在一旁交谈

旅店主 哎，我的年轻客，我看你很忧愁；请告诉我，为什么？

朱利娅 哎呀，我的店主，因为我无法快乐[3]。

旅店主 来，我要让你高兴。我带你去个地方，让你听听音乐，也能
见到你所打听的那位绅士。

朱利娅 可我能听到他说话吗？

旅店主 是的，你能听到。

朱利娅 那会很悦耳的。（音乐起）

旅店主 你听，你听！

朱利娅 他在那里面吗？

旅店主 是的。静一静，咱们听听。

---

1 溜进来了（crept）：该词用于描述普洛丢斯的性格和行为恰如其分。（NS）普洛丢斯在回话
时却故意采用了该词的另一意义，即：爬行（crawl）。（BM）

2 恭顺的爱情不能走时便会爬：一句俗谚。（NS）谚语原文为 Love will find a way（爱情自有门
径）。（承蒙伯明翰大学莎士比亚学院的 Kate Welch 女士对译者的诸多问题给予了详细解答，
包括对此句的解释，并查找了相关谚语。——译者附注）

3 源于谚语 I am sad because I cannot be glad（我很难过，因为我无法快乐）。（WC）

普洛丢斯或一乐师唱歌 [1]

西尔维娅是谁？她是谁？

所有青年全都爱她？

她圣洁、她美丽、她聪慧，

上帝竟然这么眷顾她，

以至于人人都敬佩。

她是否既善良唻又美丽？

因为美丽与善良并行。 [2]

爱神请速去她的眼底，

帮助他治好他的失明，

一旦治好，就住在那里。 [3]

让我们为西尔维娅歌唱，

西尔维娅是如此之棒；

凡世间有生命的地方，

她一定会是举世无双。

我们给她把花环献上。

旅店主　怎么了？你比以前更难过了吗？你怎么了，啊？这音乐你不爱。

朱利娅　你错了，是乐师不爱我。

旅店主　为啥，我的帅小伙？

1　歌（song）：整个小夜曲的演唱包括：（1）乐器演奏的引子；（2）小夜曲本身；（3）乐器演奏的尾声。普洛丢斯可能在其中扮演独唱的角色。该歌曲是莎士比亚所写歌曲中最为流行的一首。尚未发现同时代的作曲；但该歌曲曾由 50 多位不同的作曲家谱曲，其中最著名的应属舒伯特了。（NS）

2　因为美丽与善良并行（For beauty lives with kindness）：善举可成就美丽。（NS）美丽而不善良等于徒然，令人扫兴。（CL）

3　爱神（朱庇特）住在她的眼里，以便能够看见。"因为你天生盲目，／我把自己的眼睛给你"引自英国诗人菲利普·锡德尼（Philip Sidney）的诗作《爱星者与星》（Astrophel and Stella）第 65 节第 7 至 8 行。（WC）

朱利娅	他不正常，老爹。
旅店主	怎么，他跑了调子？
朱利娅	不是的；他反常得简直令我肝肠寸断。
旅店主	你的耳朵真灵。[1]
朱利娅	是的，但愿我是聋子。它使我心情沉重。
旅店主	我发现你并不喜欢音乐。
朱利娅	很不喜欢，如果它这么刺耳。
旅店主	你听那是多棒的转调[2]。
朱利娅	是的，那种调转是一种侮辱。
旅店主	你希望他们只奏一个曲调？
朱利娅	我希望一个人一生能情有独钟。[3]
	不过，店主，这位普洛丢斯先生
	是不是经常去见这位淑女？
旅店主	我听他的仆人朗斯说：他爱她爱得简直无法形容。
朱利娅	朗斯在哪里？
旅店主	找他的狗去了，按照他主人的命令，明天他要把那条狗送给他的小姐作礼物。
朱利娅	安静！避一避，人群散了。（与店主退至一旁）
普洛丢斯	图里奥爵士，别担心，我会为你说情，你会说我的计策出类拔萃。
图里奥	我们在哪里会合？

1　旅店主认为朱利娅发现了乐曲中有些音符跑调，觉得她很有音乐禀赋。（NS）

2　转调：原文 change 在此为一专业术语，是指乐曲中的变调，但朱利娅在下一行的回答中有意曲解了旅店主的意思，将其理解为"变心、情变"。（NS），（JB）

3　此处原文为 I would always have one play but one thing。朱利娅是说她只想让普洛丢斯做她的情人。但此处也会有淫秽之义，因为莎士比亚常将 play 一词用作隐喻，即：男人与女人做爱。（NS）

普洛丢斯　　在圣格列高利井 [1] 边。

图里奥　　再会。　　　　　　　　　　　　　图里奥与众乐师下

西尔维娅自高台上，现身于窗口

普洛丢斯　　小姐，我祝小姐您晚上好。

西尔维娅　　我谢谢你们的音乐，绅士们。

　　　　　　　是谁在说话呀？

普洛丢斯　　小姐，您若明白他的一片诚心，

　　　　　　　一听声音便会知道他是哪位。

西尔维娅　　是普洛丢斯先生，我想。

普洛丢斯　　普洛丢斯先生，好小姐，您的奴仆。

西尔维娅　　你的意愿？

普洛丢斯　　希望与您的不谋而合。

西尔维娅　　你可如愿以偿。我的意愿如下，

　　　　　　　那就是你立刻回家上床去睡。

　　　　　　　你这狡诈、背誓、虚伪、不忠之徒，

　　　　　　　已用你的誓言将多少人蒙骗，[2]

　　　　　　　难道你以为我如此浅薄、无知，

　　　　　　　竟然会让你的谄媚给引诱？

　　　　　　　快回，快回，请你的情人赎罪。

　　　　　　　至于我——我凭今晚的月神 [3] 起誓——

　　　　　　　你的请求我绝对不会答应，

　　　　　　　而且鄙视你这种非分之想，

1　圣格列高利井（Saint Gregory's well）：现已认定确有此井，就在米兰附近。

2　可能是指普洛丢斯欺骗了自己的朋友和家人，而不是将众多的女性蒙骗。（WC）

3　月神（queen of night）：指狄安娜（Diana），她也是贞节女神，因此很适合此时的西尔维娅用以发誓。（NS）

我恨不得立即将自己责骂，

此时此刻我竟然跟你说话。

普洛丢斯 我承认，宝贝，我爱过一位小姐，

可她已经死了。

朱利娅 （*旁白*）这话即便由我说出，也会有假；[1]

因为我敢肯定她尚未埋葬。

西尔维娅 就算她死了，可你朋友凡伦丁

还活着；我已和他订婚，你都

亲眼见证。你这样胡搅蛮缠，

伤害朋友，难道不觉得羞耻？

普洛丢斯 我还听说凡伦丁已经死了。

西尔维娅 若这样，我也算死了，因为，

你放心，我的爱已葬入他的坟。

普洛丢斯 好小姐，让我从土里把它耙出。

西尔维娅 去你小姐坟上唤醒她的爱情，

否则把你的爱埋入她的坟茔。

朱利娅 （*旁白*）这话他可不听。

普洛丢斯 小姐，你的心肠若这般坚硬，

那就把你挂在卧室里的那幅

画像赏赐给我让我去爱吧。

我要对它诉说，对它叹息和哭泣：

因为既然你那完美的实体

已另有所爱，我不过是个泡影，

---

1 即便这句话是从有权这样说的朱利娅之口说出，那也不会完全属实；因为这句话可能有两层
意思：（1）朱利娅现已"死去（dead）"，因为她现在的身份是塞巴斯蒂安（女扮男装的侍童）；
（2）朱利娅可声称自己已被普洛丢斯的不忠"害死（killed）"。（NS）

我要对你的画像献上真情。

朱利娅　　（旁白）假如它是个真的，你也会骗它，

　　　　　　像我一样，使它变成个泡影。[1]

西尔维娅　我非常厌恶做你的偶像，先生；

　　　　　　不过，因为你这人变化无常，

　　　　　　很适合崇拜影子，爱慕虚形，

　　　　　　明早派人来取，我会把它给你。

　　　　　　因此，好好歇息。

普洛丢斯　正像天明即被处决的囚犯，

　　　　　　今晚我将会寝食不安。　　　　　普洛丢斯与西尔维娅分头下

朱利娅　　店主，咱们走吧？

旅店主　　我的天哪，我睡得很香。

朱利娅　　请问，普洛丢斯先生住在哪里？

旅店主　　哎呀，在我的旅店。说实话，我想天快明了。

朱利娅　　还没有，不过今夜我从未合眼，

　　　　　　这是我最漫长、最压抑的夜晚。　　　　　　　同下

1　假如西尔维娅的画像能复原为生命，你也会对它不忠并使它沦为一个虚幻的泡影，正像你对
　我所做过的一样（朱利娅因为伤心和伪装，已不再是真实的自己）。

第三场 [1]   /   第十五景

爱格勒莫 [2] 上

爱格勒莫　此刻正是西尔维娅小姐
　　　　　约我过来要告知她的想法，
　　　　　她有重要事情想让我帮忙。
　　　　　小姐，小姐。

西尔维娅自高台上，现身于窗口

西尔维娅　谁在喊？

爱格勒莫　您的仆人和朋友；
　　　　　他正在等候小姐您的吩咐。

西尔维娅　爱格勒莫爵士，一千个早上好。

爱格勒莫　向您致以同样多的问候，小姐。
　　　　　我按照小姐您原先的指派，
　　　　　早早来此，不知道小姐您
　　　　　愿意吩咐我为您做些什么。

西尔维娅　啊，爱格勒莫，您是一位绅士——
　　　　　不要以为我是奉承，我发誓没有——
　　　　　您勇敢，明智，仁慈，造诣很高。
　　　　　您不会不知道我对被流放的
　　　　　凡伦丁抱有多么美好的意愿，

1　从某种程度上讲，本场应是上一场的延续，很可能发生在第二天早上。西尔维娅的出逃好像
　　早有打算，应先于她在第四幕第二场与普洛丢斯的相遇。（WC）

2　爱格勒莫（Eglamour）：其中 amour 源于法语，意为"爱"，因此该名字意指"情人"；他的
　　夫人已经去世，他还义无反顾地护送西尔维娅出逃，充分体现了他对纯真爱情的耿耿忠心。

还有我父亲是怎样逼我嫁给
愚蠢的图里奥，对他我恨之入骨。
您自己也爱过，我曾听您说过，
平生最大的伤心之事莫过于
夫人的离世和真爱的消失，
在她的墓前您发誓不再续弦。
爱格勒莫爵士，我想去找凡伦丁，
到曼托瓦，听说他就在那里；
由于前去的路途艰难而危险，
我真心希望能有您一路相伴，
因为我信赖您的忠诚和声誉。
别担心我父亲生气，爱格勒莫，
想想我的痛苦，一个小姐的痛苦，
也想想我的出逃正当合理，
以躲避一场最为邪恶的婚配，
上天和命运一直诅咒的婚配。
尽管您满心忧愁，犹如大海
充满了沙粒，我还是希望您，
能够相伴并与我一同前去；
若不能，请把我的话藏在心里，
以便我可以冒险独自前行。

爱格勒莫 小姐，我对您的痛苦深表同情，
因为，我知道它们正大光明，
因此我同意与您一同前去，
对我的吉凶祸福置之度外，
只是希望您能够事事顺心。
您何时动身？

西尔维娅   就在今晚。

爱格勒莫   要在哪里会面？

西尔维娅   帕特里克修士的寓所，

　　　　　　我想在那里虔诚地忏悔。

爱格勒莫   我不会让小姐您失望。

　　　　　　再会吧，好小姐。

西尔维娅   再会，善良的爱格勒莫爵士。　　　　　　　　分头下

第四场 [1]　　　/　　　第十六景

朗斯上，带着他的狗克来勃

朗斯　　　　当一个人的奴仆想跟他要赖时，你看吧，那可就倒霉了。这
　　　　　　条狗我把他从小养大。我从水里把他救了起来，当时他的
　　　　　　三四个还没睁眼的兄弟姐妹全都淹死了。我教导他，正如人
　　　　　　们所言，"我要这样教育一条狗"。我的主人派我把他作为礼
　　　　　　物去送给西尔维娅小姐，可我刚一走进餐厅，他就从她的木
　　　　　　盘里把她的鸡腿给偷了出来；啊，一条狗在大庭广众之下失
　　　　　　控可是一件糟糕的事情。我愿有一条，如人们所说的，一条
　　　　　　真正敢做敢当的狗，也就是，一条办事都很在行的狗。假如
　　　　　　我不比他更聪明一点，把他的过错揽了过来，我想他定会被
　　　　　　吊死；我敢说，他会为此遭罪，你们会评判。公爵的桌子下

1　本场地点依然为米兰，靠近西尔维娅的房间。（WC）

面有三四条绅士般的狗，他硬是钻了进去[1]：他刚一进去——请原谅我的粗口——不到撒泡尿的工夫，满房间都闻到他了。"把狗赶走！"一个说。"什么杂种？"另一个说。"快抽他"，第三个说。"吊死他"[2]，公爵说。我，因为之前熟悉这种气味，知道是克来勃干的，便走到那个打狗的家伙跟前："朋友"，我说，"你想打狗吗？""是的，我想打"，他说。"你可冤枉他了，"我说，"那种事是我干的，你知道。"他二话没说，就把我打出了房间。有多少主人会为奴仆做这种事情？我敢发誓，我为他偷了人家的香肠套过手足枷[3]，不然，他就会被人家给绞死；我还为他咬死的鹅站过颈手枷[4]，否则他就会吃尽苦头。——（对克来勃）你现在都忘了吧。可我还记得当我跟西尔维娅小姐告别时你玩的把戏，难道我没告诉你时刻关注我并照我做的去做？你啥时候见我抬起腿来向一位淑女的裙子上撒尿？难道你看见我做过这样的儿戏？

普洛丢斯与乔装为塞巴斯蒂安的朱利娅上

普洛丢斯　（对朱利娅）你叫塞巴斯蒂安吗？我很喜欢你，我会立刻雇你提供服务。

朱利娅　您请便吧，我会尽力而为。

普洛丢斯　我希望你会。——（对朗斯）怎么，你这个无赖，这两天你都浪荡到哪里去了？

朗斯　哎呀，先生，我照您的吩咐给西尔维娅小姐送狗去了。

普洛丢斯　她觉得我的小宝贝怎样？

1　对这句话的阐释之一是，它预示了普洛丢斯的行为——一种赤裸裸地向社会上层攀爬的形象，因为他试图替代凡伦丁的位置，挤入公爵餐桌上的绅士之列。（WC）
2　吊死他：犯有过错的狗在这一时期确实会被吊死。（BM）
3　手足枷（stocks）：一种示众的刑具，将人的手腕和脚踝囚禁在固定的木框之内。
4　颈手枷（pillory）：与手足枷类似的刑具，将受刑者的头和双手囚禁在木框之内。

朗斯	哎呀，她说您的狗是杂种，还说对您这样的礼物稍作感谢就够了。
普洛丢斯	可她收下我的狗了吗？
朗斯	没收，真的没收。这不，我又把他带回来了。
普洛丢斯	（指着克来勃）什么，你把这东西替我送给她了？
朗斯	是的，先生。您那条小狗让市场上一帮该死的小子偷走了，然后我就把自己的狗送过去了，他要比您那条大八九倍呢，因此要贵重多了。
普洛丢斯	快去市场，把我的狗给找回来， 否则，你再也不要回来见我。 滚，我说，待在这里想惹我生气？ 　　　　朗斯与克来勃下 奴才，他总是让我丢人现眼。 塞巴斯蒂安，我这就要用你了， 部分原因是我需要这样的青年， 能够谨慎地为我做些事情， 因为那个蠢货我无法信任， 但主要因为你的相貌和表现， 假如我的判断没有出错， 证明你有教养，有身份，有诚信； 所以你要知道，我为此而用你。 （递过一戒指）你现在就去，带上这枚戒指， 去把它送给西尔维娅小姐； 赠送这枚戒指的人很是爱我。
朱利娅	好像您不爱她，把她的信物舍弃。 她死了，也许？ [1]

1　此处朱利娅在引用普洛丢斯自己的谎言（正文 **88** 页）进行反问。（**WC**）

普洛丢斯	没死，我想她还活着。
朱利娅	唉！
普洛丢斯	你为啥唉声叹气？
朱利娅	我禁不住可怜她呀。
普洛丢斯	你为啥要可怜她呀？
朱利娅	因为我想她爱您就像您爱
	您的西尔维娅小姐一样：
	她对遗忘她的男子梦寐以求，
	您对轻视您的女子过分喜爱。
	很遗憾爱情竟然如此悖理，
	想到这一点便会使我叹息。
普洛丢斯	好吧，你给她这枚戒指，还有
	（递过一信）这封信。那是她的卧房。告诉她，
	我按她许诺索要她超凡的画像。
	事情一办完，就赶到我房间，
	你会发现我这人悲伤而孤单。
朱利娅	有多少女人愿做这样的差使？
	唉，可怜的普洛丢斯，你雇用
	一只狐狸来照看你的羊群。
	唉，可怜的傻瓜[1]，我为啥同情他，
	他可是发自内心地鄙视我呀？
	因为他爱她，所有他鄙视我；
	因为我爱他，所有要同情他。
	与我辞别时我送他这枚戒指，
	以便敦促他将我的好意记住。

下

---

2 可怜的傻瓜（poor fool）：朱利娅自称。

而现在，我却成了不幸的信使，

去恳求我不想得到的东西，

去传送我本想拒绝的物品，

去赞颂我本想诋毁的忠诚。

我爱恋我的主人忠贞不渝，

但我不可能对我的主人真诚，

除非我证明我对我自己不忠。

可我还愿为他央求，但要冷淡，

天知道，我可不想让他成功。

西尔维娅上，其仆人厄休拉随侍

女士，您好！我求您，请您帮忙，

带我去和西尔维娅小姐说句话。

西尔维娅 你找她有啥事，假如我就是她？

朱利娅 若您就是她，那我求您耐心，

听我说说我奉命送来的音信。

西尔维娅 谁让送的？

朱利娅 我的主人，普洛丢斯先生，小姐。

西尔维娅 啊，他派你来取画像？

朱利娅 是的，小姐。

西尔维娅 厄休拉，把我的画像拿来。（厄休拉取来画像）

把它给你主人，帮我转告于他，

他因变心而忘记的那位朱利娅，

适宜他的寝室，要胜过这幅图画。

朱利娅 （递给她一信）小姐，请您仔细阅读这封信件。

原谅我，小姐，我因粗心大意，

将一封不该给您的信给了您。

（将信取回，递过另一封）这才是该给小姐您的那一封。[1]

西尔维娅　我求你，让我再看看那封信吧。

朱利娅　　那可不行，好小姐，请您原谅。

西尔维娅　你等等。[2]
　　　　　我不会观看你主人的信件。
　　　　　我知道里面充斥着爱的表白，
　　　　　写满新造的誓言，他很容易背弃，
　　　　　（撕信）正像我很容易撕烂他的信件。

朱利娅　　（递上戒指）小姐，他还要送给您这枚戒指。

西尔维娅　竟把这戒指送我，那更是耻辱，
　　　　　因为我听他说过上千次之多[3]，
　　　　　辞别时他的朱利娅把它给了他。
　　　　　尽管他背信的手指将它亵渎，
　　　　　我的可不想伤害他的朱利娅。

朱利娅　　她谢谢您。

西尔维娅　你说什么？

朱利娅　　我谢谢您，小姐，您很关心她。
　　　　　可怜的女人，我主人伤害了她。

西尔维娅　你认识她吗？

1　朱利娅最初因为疏忽将明显是普洛丢斯写给她本人的信件递错，然后将该信取回，再递上该
　　递的一封，这一点好像没什么意义，除非在一个剧情更为丰富的版本里将该主题完全展开。
　　（NS）朱利娅因疏忽所递上的第一封信显然是普洛丢斯写给她本人的，因为她在第五幕第
　　四场就戒指问题犯了同样的错误。编辑与导演们就朱利娅是否有意犯下这种错误争论不休。
　　（WC）

2　你等等（There, hold）：西尔维娅此刻很可能想把信件还给朱利娅。（BM）原文 hold 意为"请
　　稍等"。（JB）

3　普洛丢斯对西尔维娅一见钟情，因此很难相信他会在西尔维娅面前谈论朱利娅"上千次之
　　多"。（CL）

朱利娅	几乎就像我认识我自己一样。
	要是提起她的痛苦，我敢说
	我为此哭了要有上百次之多。
西尔维娅	她会想普洛丢斯已将她抛弃？
朱利娅	我想她会的，那是她痛苦的原因。
西尔维娅	她是不是很漂亮？
朱利娅	她从前要比现在更美，小姐，
	那时她认为我的主人很爱她，
	她，依我看，本来和您一样美。
	可自从她无心对镜照看仪容，
	将自己的遮阳面具[1] 丢弃不用，
	她面颊上的玫瑰已被风干，
	百合花般的面容已经枯萎，
	她现在已经黑得如我一般。[2]
西尔维娅	她有多高？
朱利娅	约和我一样：因为在五旬节[3] 上，
	当我们表演各种娱乐节目时，
	那些青年让我扮演女性角色，
	我便穿上朱利娅小姐的服装，
	对我非常合身，在大家看来，

1　遮阳面具（sun-expelling mask）：在伊丽莎白时代的英格兰，由于女性美的标准是肤色白皙，当时较为时髦或宫廷中的女士会用面具或硬实的丝绒头巾遮蔽太阳以保护皮肤。（NS）
2　作为女扮男装的一部分，朱利娅可能会故意将自己的面部涂黑。
3　五旬节（Pentecost）：即圣灵降临周（Whitsuntide），基督教的节日之一，在复活节后的第七个星期日。该节日是为了纪念《圣经·使徒行传》第二章中所描述的内容：圣灵降临到耶稣在耶路撒冷的使徒身上，使他们能够当着在场人的面"用别人的语言讲话"。（JB），(WC)

好像那就是为我定做的一样，

因此我知道她和我身材相当。

我当时的表演使她痛哭流涕，

因为我扮演的是个悲惨角色。

小姐，就是阿里阿德涅，为了

忒修斯的背叛和抛弃而哀伤，[1]

我演得如此逼真，泪流满面，

我那可怜的小姐[2]，为之感动，

泣不成声。我宁愿自己死去，

假如未对她的痛苦深表同情。

西尔维娅　她对你应该感恩，温顺的青年。

唉，可怜的女子，凄凉孤单！

想起你的话语，我也要哭泣。

（给钱）来，小伙子，这是我的钱包，我给你

是因为你的好小姐，因为你爱她。

再会。　　　　　　　　　　　　西尔维娅与厄休拉下

朱利娅　若能与她相识，她会为此谢您。

一位高尚的女士，温和而美丽。

希望我主人的求爱徒劳无益，

因为她如此敬重我小姐的爱情[3]。

1　在希腊神话中，阿里阿德涅本为克里特岛国王弥诺斯（Minos）之女，爱上了斯巴达城邦的
　　王子忒修斯，帮助他杀死了牛头人身怪物弥诺陶洛斯（Minotaur），随后与他一起逃离迷宫，
　　但最后却被他抛弃。(NS)，(JB)
2　我那可怜的小姐（my poor mistress）：剧中并未表明"塞巴斯蒂安"曾做过朱利娅的奴仆。
　　也许，"我那可怜的小姐"系"我主人的小姐"之误。(CL)
3　我小姐的爱情（my mistress' love）：即她本人的爱情。朱利娅继续以塞巴斯蒂安的口吻讲话，
　　尽管舞台上只剩她一人。但自下一句起，她又恢复了自己的口吻。(BM)，(WC)

唉，爱情竟会怎样地自我嘲弄！

这是她的画像，让我看看，我想

假如我有这种头饰，我的脸蛋儿

将会与她的一样楚楚动人。

可画师对她的美丽有点过奖，

除非我对自己的美丽过分赞赏。

她的头发淡黄，我的头发金黄[1]；

如果他为了这点差异而爱她，

我会弄一副同样的假发戴上。

她的眼睛玻璃般浅蓝[2]，我的一样；

是的，可她额头不高，我的不低。[3]

她究竟有哪些品质令他崇拜，

我却因为缺乏而得不到敬重，

假如这痴情的爱神没有失明？

快，影子[4]，快，把这幅影子拿起，

它可是情敌。（打量画像）——啊，你这麻木的图像，

你会受到崇拜、亲吻、喜爱和钦佩；

假如他的偶像崇拜有些道理，

就将你的画像换成我的躯体。

看在你主人分上，我会好好待你，

---

1 头发金黄（perfect yellow）：伊丽莎白一世的头发就是这种天然的金黄，后来金黄便成为一种时髦的颜色。（NS）

2 浅蓝：原文为 grey，但伊丽莎白一世时代人们用 grey eyes 来形容蓝色的眼眸。（NS）另一佐证是，伊丽莎白一世时代的玻璃是浅蓝色的。（CL）

3 高高的额头被视为女性美的标志之一，为人赞赏。（NS）

4 影子（shadow）：朱利娅可将自己视为"影子"，因为她目前是在女扮男装；同时也因为普洛丢斯的慢待已使她由原来的自己化为一个"失魂落魄的变体"。（NS）

她对我很好；否则，以天神起誓，
我会将你视而不见的双眼挖出，
以便使我的主人不再爱你。　　　　　　　　　　下

第五幕

第一场 / 第十七景

城外 [1]

爱格勒莫上

爱格勒莫　西方的天空已经金光闪闪，

西尔维娅已经与我约好，此刻

将在帕特里克修士的小屋会面。

她不会不来；因为情人不会失约，

除非他们比约定的时间提前，

他们对自己的出行急不可耐 [2]。

你看，她来了。——

西尔维娅戴面具上

小姐，您晚上好！

西尔维娅　阿门，阿门。往前走，好爱格勒莫，

从靠近寺院墙边的侧门出去；

我担心有几个密探正在跟踪。

爱格勒莫　别怕。这里离森林不过三里格 [3]，

我们若到了那里，就不会有危险。

同下

1　本场地点为米兰城外。（JB）从本场对白可看出，地点为帕特里克修士的小屋，以及寺院，
表明西尔维娅已成功出逃。（WC）

2　对自己的出行急不可耐（spur their expedition）：源于谚语 He that has love in his breast has
spurs at his sides，直译为"胸中有爱的人胁部便会有刺"。（BM）

3　里格（league）：一里格约为 3 英里，或 4.8 公里。——译者附注

第二场 / 第十八景

米兰

图里奥、普洛丢斯与乔装为塞巴斯蒂安的朱利娅上

图里奥　　普洛丢斯，西尔维娅对我求婚咋说？

普洛丢斯　啊，先生，我发现她态度缓和多了，

　　　　　　可她对你的长相有些不满。

图里奥　　怎么？嫌我的腿太长？

普洛丢斯　不是，嫌它太瘦。

图里奥　　我要穿上马靴，好让它显得粗壮。

朱利娅　　（旁白）可你无法迫使爱情爱其所憎。

图里奥　　她觉得我的脸怎样？

普洛丢斯　她说你的脸很白净[1]。

图里奥　　这个放荡女撒谎，我的脸黝黑。

普洛丢斯　可珍珠是白的；有句古谚说，

　　　　　　在美女眼里黑汉就是珍珠。[2]

朱利娅　　（旁白）没错，这种珍珠[3]使女人眼睛无用，

　　　　　　我宁愿闭眼也不愿意相看。

图里奥　　她觉得我的谈吐如何？

普洛丢斯　糟糕，你谈论战争的时候。[4]

1　白净：原文 fair 除了表示"白净、美丽"之外，还有"娇气、女人气"之义。

2　人们惯用该谚语对皮肤较黑的男子进行恭维。（WC）

3　珍珠：原文 pearl 为双关语：（1）珍珠；（2）白内障。朱利娅是在玩弄该词的双关意义。（NS）

4　此句可能有两层意思：（1）你谈论暴力时她很讨厌；（2）你对战争的谈论只会让她觉得你不
　　像男子汉。

图里奥	那好，我谈论爱情与和平呢？
朱利娅	（旁白）如果你能闭嘴，那就会更好。
图里奥	她觉得我的勇气怎样？
普洛丢斯	啊，先生，她对此没有怀疑。
朱利娅	（旁白）她不用怀疑，知道你是懦夫。
图里奥	她觉得我的出身如何？
普洛丢斯	说你出身高贵。
朱利娅	（旁白）没错，从绅士降为白痴。
图里奥	她看重我的财富吗？
普洛丢斯	啊，是的，她还很忧虑。
图里奥	为什么？
朱利娅	（旁白）这样一头蠢驴竟然拥有它们。
普洛丢斯	因为它们都租出去了。
朱利娅	公爵来了。

公爵上

公爵	怎么了，普洛丢斯；怎么了，图里奥。
	你们最近有谁见过爱格勒莫？
图里奥	我没见过。
普洛丢斯	我没见过。
公爵	你们见过我的女儿么？
普洛丢斯	也没见过。
公爵	不好了，
	她已投奔乡巴佬[1]凡伦丁去了，
	并且是由爱格勒莫陪同去的。
	没错，因为在林中悔罪苦行的

---

1 乡巴佬（peasant）：公爵只是在遭到凡伦丁的欺骗之后才提及社会等级问题。（WC）

劳伦斯修士，漫步时看到他俩。
他很熟悉他，猜测另一位是她，
可她戴着面具，所以不敢肯定。
而且，她本打算今晚要去
帕特里克居处忏悔，可她不在那里。
这些迹象证实她从这里逃走。
求你们别为谈论此事而延误，
你们立刻上马，并在山脚下的
上坡处与我会合，那条路通往
曼托瓦，他们是从那里逃走的。
赶快，可爱的绅士们，跟我来。　　　　下

图里奥　嗨，这真是个刚愎自用的女孩，
竟不顾上门的好运 [1] 逃之夭夭。
我去追，主要为报复爱格勒莫，
而不是为爱莽撞的西尔维娅。　　　　下

普洛丢斯　我去追，主要是为爱西尔维娅，
而不是恨与他同去的爱格勒莫。　　　　下

朱利娅　我也去追，主要为阻挠他的爱，
而不是恨为爱奔走的西尔维娅。　　　　下

1　上门的好运（her fortune）：图里奥的求婚。

第三场 / 第十九景

野外 / 森林

西尔维娅与众强盗上

强盗甲　过来，过来，要耐心，

　　　　我们必须带你去见首领。

西尔维娅　上千次比这种更大的不幸

　　　　已经教会我如何耐心忍受。

强盗乙　快，把她带走。

强盗甲　与她一起的那个绅士 [1] 哪里去了？

强盗丙　他手脚麻利，从我们身边逃脱。

　　　　但莫伊塞斯与瓦勒留斯在追他。

　　　　你与她一起到森林的西头，

　　　　首领在那里；俺去追那个逃走的。

　　　　灌木丛已被包围，他逃不了的。　　　　　强盗乙与强盗丙下

强盗甲　来，我要把你带到首领的洞中。

　　　　不用怕，他诚实正直、胸怀坦荡，

　　　　不会对女人做出非法举动。

西尔维娅　啊，凡伦丁，我为你忍受这些！　　　　　　同下

1　那个绅士（the gentleman）：爱格勒莫。考虑到他抛下西尔维娅，只身从强盗身边逃脱的行
　　为，很难说他像一位绅士。西尔维娅在第四幕第三场的描述表明他更富有英雄气概；然而他
　　最终也需要消失，以便能让西尔维娅在终场时单独出现。《罗密欧与朱丽叶》（The Tragedy of
　　Romeo and Juliet）中的神父也是在朱丽叶生死攸关的时刻逃之夭夭（第五幕第三场）。（WC）

第四场 [1] / 景同前

凡伦丁上

凡伦丁　　一个人的习惯多容易养成！

这片阴森的荒野，冷僻的森林，

比繁华拥挤的城镇还好适应。

我在此可以独坐，无人看见，

伴随着夜莺那悲恸的曲调，[2]

歌唱我的忧伤，吟诵我的不幸。

啊，住在我胸中的你这心肝，

可不要长久离开你的殿堂[3]，

免得它变成废墟，坍塌倾覆，

致使原有的记忆荡然无存。

用你的现身修复我吧，西尔维娅，

温柔的仙女，善待你可怜的情人。（幕内喧哗）

今天为何会这么吵吵嚷嚷？

他们是我的伙伴，任意妄为，

正在追逐哪位可怜的旅客。

他们很爱我，但我必须尽力

才能够阻止他们胡作非为。

躲一躲，凡伦丁，来的那位是谁？（退至一旁）

1　地点依然为森林。（WC）

2　此句典出希腊神话。色雷斯的国王忒柔斯（Tereus）强奸了雅典公主菲罗墨拉（Philomela），
　　后者被变为夜莺，一想起忒柔斯的虐待便会以胸顶刺，哭诉不幸。（NS）

3　殿堂（mansion）：即他的胸膛——爱之寓所。

普洛丢斯、西尔维娅与乔装为塞巴斯蒂安的朱利娅上

普洛丢斯　　小姐，我为您付出的这种效劳——

　　　　　　尽管您对奴仆的行为不屑一顾——

　　　　　　我冒着生命危险从强盗[1]手中

　　　　　　将您救出，否则他会对您施暴。

　　　　　　作为回报请赐一个和颜悦色：

　　　　　　比这更小的恩惠我无法请求，

　　　　　　比这更小的恩惠您不能施舍。

凡伦丁　　（旁白）这多像一场梦？我这所见所闻，

　　　　　　爱神，给我耐心让我克制片刻。

西尔维娅　噢，可怜啊，我是多么的不幸！

普洛丢斯　您很不幸，小姐，我到来之前；

　　　　　　可我来了以后已使您高兴。

西尔维娅　你的亲近倒使我最为不幸。

朱利娅　　（旁白）我也是的，每当他接近你时。

西尔维娅　假如我让饥饿的狮子抓住，

　　　　　　我宁愿作那只野兽的早餐，

　　　　　　不愿让不忠的普洛丢斯搭救。

　　　　　　啊，上帝，你知道我多爱凡伦丁，

　　　　　　他的生命对我犹如灵魂一般！

　　　　　　正像我爱他已经爱到了极点，

　　　　　　我憎恶背信弃义的普洛丢斯。

　　　　　　因此你走吧，别再胡搅蛮缠。

普洛丢斯　多冒险的举动，可谓死里逃生，

1　强盗（him）：即强盗甲。普洛丢斯搭救西尔维娅时，她是由强盗甲看护；强盗乙和强盗丙
　　去追赶爱格勒莫爵士去了（参见第五幕第三场）。(NS)

难道就不能享受平和的一瞥？

啊，该死的爱情，经验再次证明，

被人爱恋的女子冷酷无情。

西尔维娅　被人爱恋的普洛丢斯冷酷无情。

重读朱利娅的心，你最好的初恋，

为了她的缘故你将你的忠诚

撕成了千片誓言；你宣布爱我，

证明那些誓言都是假意虚情。

你无忠诚可言，除非能一心二用 [1]，

那要比毫无忠诚更为糟糕，

因为三心二意者最不可靠。

你这出卖知心朋友的骗子！

普洛丢斯　爱上了

谁还在乎朋友？[2]

西尔维娅　只有普洛丢斯不能。

普洛丢斯　那好，假如感人肺腑的言辞

无法使您变得相对温和，

我要拔出剑来 [3]，像军人般求爱，

违背爱的天性而爱您：迫使您。（他抓住她）

西尔维娅　啊，天哪！

1　一心二用（thou'dst two）：同时能对两个情人忠心耿耿。

2　参见约翰·黎里的《恩底弥翁》（Endymion）（第三幕第四场第110行）：Love knoweth neither friendshippe nor kindred（爱情可谓六亲不认）；另请参见《无事生非》一剧中的类似言论（第二幕第一场）：Friendship is constant in all other things / Save in the office and affairs of love（坚固的友谊多令人信赖，/ 只在爱情这件事上例外）。（WC）

3　拔出剑来：原文 at arm's end 可有两层意思：（1）剑拔弩张；（2）用我的阴茎。

普洛丢斯　　我要迫使你[1]就范。

凡伦丁　　　（上前）混账，松开你那粗野的双手，

　　　　　　你这种缺德的朋友！

普洛丢斯　　凡伦丁！

凡伦丁　　　你这粗俗的朋友，无情无义，

　　　　　　朋友竟然是这样。阴险的家伙，

　　　　　　辜负了我的希望；若非亲眼目睹，

　　　　　　简直不敢相信。现在我不敢说

　　　　　　还有在世的朋友，因为你能反证。

　　　　　　谁还值得信赖，一个人的右手[2]

　　　　　　若背叛自己的心胸？普洛丢斯，

　　　　　　很抱歉，我绝不会再信任于你，

　　　　　　为了你的缘故将世人视为路人。

　　　　　　亲人的伤害最深。啊，最糟的时刻，

　　　　　　仇敌中朋友竟是最赖的一个！

普洛丢斯　　羞愧和内疚使我无地自容。

　　　　　　饶恕我，凡伦丁。若真心的懊悔

　　　　　　足以抵偿已经犯下的罪行，

　　　　　　我这就献上。我正遭受折磨，

　　　　　　我也确实犯下罪过。

凡伦丁　　　那我已经满足，

　　　　　　我再一次认可你诚实正直。

　　　　　　有谁若是对悔罪表示不满，

1　你（thee）：普洛丢斯自本场出场以来首次更换了人称代词，将 you（您）换成了 thee（你），
　　表明他已将自己尊重西尔维娅的最后伪装撕破。（WC）

2　右手（right hand）：最亲密的朋友——普洛丢斯。

天地难容，因为天地对此满意，

上帝的愤怒通过忏悔得以平息。

为了表明我的友情磊落大方，

我爱你就像爱西尔维娅一样。[1]

朱利娅　　　　　啊，我好不幸！（晕倒）

普洛丢斯　　　　看护那个男孩儿。

凡伦丁　　　　　嗨，伙计！嗨，小伙！怎么了？啥事呀？抬起头来，快说。

朱利娅　　　　　啊，好先生，我的主人吩咐我送给西尔维娅小姐一枚戒指，

　　　　　　　　　由于我的疏忽，忘了送出。

普洛丢斯　　　　那枚戒指呢，伙计？

朱利娅　　　　　（拿出自己的戒指）在这里，就是这枚。

普洛丢斯　　　　（接过戒指）怎么？让我看看。嗨，这是我给朱利娅的戒指。

朱利娅　　　　　啊，请您原谅，先生，我弄错了。

　　　　　　　　　（递上另一戒指）这枚才是您送给西尔维娅的。

普洛丢斯　　　　可你这枚戒指是怎么来的？临别时我把它送给了朱利娅。

朱利娅　　　　　是朱利娅本人把它给了我，

　　　　　　　　　是朱利娅本人把它带过来的。（显露身份）

普洛丢斯　　　　怎么？朱利娅？

朱利娅　　　　　看看她吧，你山盟海誓的靶子[2]，

1　为了表明我的友情磊落大方，/ 我爱你就像爱西尔维娅一样（And that my love may appear plain and free, / All that was mine in Silvia I give thee）：评论家们都在尽力对这两行诗的意义进行辩解。英国诗人蒲柏认为这种事情"非常奇怪"，断定莎士比亚采用了原作的内容。另一种较为流行的解释为，"我真诚并毫无保留地将我的爱给你，正像我把我的爱给予西尔维娅一样"，意指你在我心中的位置就像她一样，大家都认为这是凡伦丁的本意，只有朱利娅除外，她因过度紧张而跟部分现代读者所见略同（即凡伦丁将自己对西尔维娅的权利拱手相让），并因此当场晕倒。（CL）

2　靶子（aim）：弓箭术语，即"山盟海誓"所瞄准的目标。（WC）

她将誓言深藏于自己的心中。

你却常用伪誓将那靶心 [1] 刺破！

啊，普洛丢斯，我这装束你该害臊。

你应该惭愧，我竟然打扮得

这么不成体统，假如为了爱情

而伪装令人脸红。

按理说，男人们的见异思迁，

比女人的乔装打扮更为丢脸。

普洛丢斯　男人的见异思迁？没错。天哪，男人

若能专一，就是完人。那种缺陷

使他错上加错，并犯下各种罪过。

不专的感情尚未开始便已夭折。

西尔维娅的美丽，我若专心相看，

何不能在朱利娅身上更好体现？

凡伦丁　　来，来，你们俩伸过手来。（普洛丢斯与朱利娅牵手）

让我有幸撮合你们婚姻美满，

两位好友长期为敌实在遗憾。

普洛丢斯　上天作证，我永远心满意足。

朱利娅　　我也是的。

强盗与公爵及图里奥上

众强盗　　战利品，战利品，战利品！

凡伦丁　　别乱来，别乱来，我说！那是公爵殿下。

（强盗松开公爵与图里奥）

蒙羞的、遭到放逐的凡伦丁，

欢迎您殿下。

1　靶心（the root）：弓箭术语，即"她的内心"。（WC）

公爵	凡伦丁爵士？
图里奥	（上前）那是西尔维娅，西尔维娅是我的。
凡伦丁	（拔剑）图里奥，退下，否则你就是找死，
	离远点儿，我的剑不是好惹的。
	别再说西尔维娅是你的，若不听，
	维洛那[1]保不了你。她就在这里，
	如果你胆敢用手碰她一下，
	哪怕向她呵气，我都会挑战你的。[2]
图里奥	凡伦丁爵士，我不喜欢她了，我。
	我认为只有傻子才会为了
	一个不爱他的女子拿生命冒险。
	我不要她，因此她是你的了。
公爵	那你就是更加堕落和卑鄙，
	你从前对她可是苦苦追求，
	现在却如此轻易将她放弃。
	现在，我以先祖的荣誉起誓，
	我很赞赏你的精神，凡伦丁，
	认为你值得一位皇后的宠幸。
	我现在宣布，要忘记以前的痛苦，
	消除所有的积怨，把你召回，
	你的出类拔萃迎来新的局面，
	为此我这样确认：凡伦丁爵士，

1　"维洛那"可能是"米兰"的口误，因为图里奥是米兰公民。（JB），（NS）

2　就自己对西尔维娅的拥有权，凡伦丁此处作出了迅速而动情的确认，这一点足以表明他不会将这种权利让与普洛丢斯；因此，那些对其在本场前面的台词"我爱你就像爱西尔维娅一样"（正文111页）的不同理解不能成立。（WC）

你是一位绅士且出身高贵，

西尔维娅归你，你受之无愧[1]。

凡伦丁　谢谢殿下。这一礼物令我欣喜。

我现在求您，看在您女儿分上，

我求您答应赐给我一个恩惠。

公爵　我答应，看在你的分上，有求必应。

凡伦丁　这些与我同住的流放人员，

他们身上都具有良好品质。

原谅他们在此犯下的罪过，

让他们结束流放被召回国。

他们已悔过自新，文明良善，[2]

适合担当重任，尊敬的殿下。

公爵　我听你的，我宽恕他们，宽恕你。

你根据他们的长处自行安排。

快，咱们走，我们要用庆典、欢乐、

隆重的节日结束所有的隔阂。

凡伦丁　我们前行的同时，我将冒昧地

用我们的谈话博取殿下一笑。

您觉得这位侍童如何，殿下？

公爵　我看这小伙很可爱，他脸红了。

凡伦丁　向殿下保证，比小伙还要可爱。

公爵　你这话是什么意思？

凡伦丁　殿下，我会在途中向您讲述，

1　受之无愧（deserved her）：参考并借用朱生豪先生的译文。——译者附注

2　这大概要归功于凡伦丁的掌控和影响，但这与我们在本场开头凡伦丁的独白中所听到的内容并不相符。（NS）

您会对发生的一切感到惊讶。
来，普洛丢斯，作为你的苦行，
就当众听听你的恋爱故事。
听完之后，我们选定相同的婚期，
一起宴乐，一起居住，一起欢喜。　　　　　　众人下

参考文献

1. *The Two Gentlemen of Verona*, Royal Shakespeare Company: Jonathan Bate (JB), 外语教学与研究出版社，北京：2008年12月

2. *The Two Gentlemen of Verona*, The Arden Shakespeare, First Edition: R. Warwick Bond (WB), Methuen, London, 1906

3. *The Two Gentlemen of Verona*, The Arden Shakespeare, Third Series: William C. Carroll (WC), London: 2004

4. *The Two Gentlemen of Verona*, The Arden Shakespeare, Second Edition: Clifford Leech (CL), Methuen, London and New York: 1981

5. *The Two Gentlemen of Verona*, Folger Shakespeare Library: Barbara A. Mowat (BM), Simon & Paperbacks, New York, London: April 2009

6. *The Two Gentlemen of Verona*, The New Penguin Shakespeare: Norman Sanders (NS), Penguin Books, England: 1985

7. 《维洛那二绅士》：梁实秋，中国广东电视出版社，远东图书公司，北京：2001年7月

8. 《维洛那二绅士》：裘克安，商务印书馆，北京：2011年5月

9. 《维洛那二绅士》：朱生豪，华中科技大学出版社，武汉：2014年8月

译后记

李其金
宁波大学外国语学院

能有机会参与英国皇家莎士比亚剧团推出的《莎士比亚全集》的部分翻译工作，我感到非常荣幸和感激。

首先，我要非常感谢辜正坤老师给予我这次锻炼和学习的机会！我也非常感谢辜老师对我的信任和鼓励！

第二，我要非常感谢朱生豪、梁实秋先生等译莎前辈，因为他们的译文为我能够正确理解该剧打下了坚实的基础，同时，也为我借用他们的许多妙笔佳译提供了可能。

第三，我要非常感谢英国伯明翰大学莎士比亚学院的凯特·韦尔奇（Kate Welch）女士，因为是她当面帮我详细解答了有关该剧理解方面的许多疑难问题，使我对原文的意义与背景知识有了一个较为准确的理解和掌握。

第四，我要非常感谢我的父母对我翻译该剧期间所给予的支持。母亲三年前突患中风，由此生活不能自理，由我的弟弟妹妹轮番照护。由于该剧约定的翻译时间相对较短，去年暑假我一边打着回家照看父母的旗号，一边不得不带上了手头的各种参考资料。为了能让我专心地在家做些翻译，白天的大部分时间都是父亲陪护母亲在村头的树荫下度过，不免遭受蚊叮虫咬之苦。现在想起来父母为此所受的委屈，还不免有亏欠之感。

第五，我要非常感谢外研社的文雪琴女士对文稿所作的编校工作！

文女士不仅帮助我更正了文中许多我自以为是的错字别字，而且还帮助我对译文本身、舞台说明、标点符号与全部脚注进行了非常细心的核对与改进，对此我感到非常庆幸和欣慰！

最后，我很想感谢各位亲爱的读者朋友，希望你们在阅读与欣赏该剧的同时，帮助我指出文中的各种不足之处，以便再版时能予以纠正。

谢谢！